一个人的南山

张荣东 著

山东画报出版社

图书在版编目（CIP）数据

一个人的南山 / 张荣东著. —济南：山东画报出版社，2017.6
ISBN 978-7-5474-1807-9

Ⅰ.①一… Ⅱ.①张… Ⅲ.①随笔—作品集—中国—当代 Ⅳ.①I267.1

中国版本图书馆CIP数据核字（2016）第048466号

责任编辑　秦　超
装帧设计　王　芳
主管部门　山东出版传媒股份有限公司
出版发行　山東畫報出版社
社　址　济南市经九路胜利大街39号　邮编 250001
电　话　总编室（0531）82098470
市场部（0531）82098479　82098476（传真）
网　址　http://www.hbcbs.com.cn
电子信箱　hbcb@sdpress.com.cn
印　刷　山东新华印务有限责任公司
规　格　160毫米×230毫米
16印张　115幅图　100千字
版　次　2017年6月第1版
印　次　2017年6月第1次印刷
印　数　1—3000
定　价　48.00元

目录

引子 从南山到桃花源

记

417年，陶渊明作《饮酒十二首》，序中说：“余闲居寡欢，兼比夜已长，偶有名酒，无夕不饮。顾影独尽，忽然复醉。既醉之后，辄题数句自娱；纸墨遂多，辞无诠次，聊命故人书之，以为欢笑尔。”他在《饮酒》诗中有句：“采菊东篱下，悠然见南山。”他已经辞去彭泽县令，在乡间生活了12年，此时的南山，既是种豆南山下的实指之地，又是脱离了世俗命名、新的自我主体建立后的蓦然发现。这是一个脱离了烦冗规则的主体，自在无碍，如飞鸟入林、池鱼归渊的理想家园。

晋安帝义熙十一年（415），陶渊明六十四岁，身为彭泽县令的陶渊明，作《杂诗十二首》，其七写道：

> 日月不肯迟，四时相催迫。寒风拂枯条，落叶掩长陌。
> 弱质与运颓，玄发早已白。素标插人头，前途渐就窄。
> 家为逆旅舍，我如当去客。去去欲何之？南山有旧宅。

他已经厌倦了被役使的命运，萌生归隐南山之意，他在《杂诗十二首》，其十说：

闲居执荡志，时驶不可稽。驱役无停息，轩裳逝东崖。
沈阴拟薰麝，寒气激我怀。岁月有常御，我来淹已弥。
慷慨忆绸缪，此情久已离。荏苒经十载，暂为人所羁。
庭宇翳馀木，倏忽日月亏。

这种驱役无停息的生活该结束了，萧统《陶渊明传》载："会郡遣督邮至。县吏请曰：'应束带见之。'渊明叹曰：'我岂能为五斗米折腰向乡里小儿！'即日解绶辞职，赋《归去来》。"程大中《四书逸笺》卷一云："古人无事则缓带，有事则束带。"整肃衣冠，是正常的官场礼节，但从陶渊明的反应中，深含对督邮的鄙视。督邮始置于西汉中期，《汉书》曰："郡监县有五部，部有督邮掾，以察诸县也。"

史上最有名的督邮当属《三国演义》中苛责刘备，被张飞痛殴的督邮。《三国演义》毕竟是演义，据《三国志·蜀书·先主传》记："灵帝末，黄巾起，州郡各举义兵，先主率其属从校尉邹靖讨黄巾贼有功，除安喜尉。督邮以公事到县，先主求谒，不通，直入缚督邮，杖二百，解绶系其颈着马柳，弃官亡命。"裴注引《典略》："其后州郡被诏书，其有军功为长吏者，当沙汰之，备疑在遣中。督邮至县，当遣备，备素知之。闻督邮在传舍，备欲求见督邮，督邮称疾不肯见备。备恨之，因还治，将吏卒更诣传舍，突入门，言'我被府君密教收督邮'。遂就床缚之，将出到界，自解其绶以系督邮颈，缚之著树，鞭杖百余下，欲杀之。督邮求哀，乃释去之。"刘备痛殴上司督邮，足显一代枭雄本色。

陶渊明只是一介文人，面对身为顶头上司的“乡里小儿”，只有归去来：“归去来兮，田园将芜胡不归？既自以心为形役，奚惆怅而独悲？悟已往之不谏，知来者之可追。实迷途其未远，觉今是而昨非。”

南山的家园与彭泽的牢笼，构成了自由与束缚、诗意与无聊、生机勃勃与沉闷压抑的对立，在南山，万物生长，自由栖居，时光无时不在创造；在彭泽，规则森严，充满禁锢，时光是徒然的耗费。当陶渊明脱离了世俗的羁绊，方有如此温暖自足的南山显现。南山当然有世俗的命名，但对于一个超越世俗秩序的灵魂而言，觉悟处，抬眼所见，便是南山。

南山又是一个隐居的象征之地，东汉崔琦《四皓颂》说：“昔有南山四皓者，角里先生、绮里季、夏黄公、东园公是也。”

陶渊明归隐田园，其时其文名尚未显现，与声名卓著的南山四皓不可同日而语。面对南山，南山不仅是家乡浔阳的南山，也是与南山四皓之南山异形同构的精神栖居之地。与南山对立的是正统的庙堂，南山四皓所处的南山，是秦都咸阳之南的终南山。陶渊明所处东晋，都城在建康（今南京），晋安帝元兴二年（403），陶渊明曾追随的桓玄篡乱建立桓楚，改封晋安帝为平固王，迁居陶渊明的故乡浔阳。此时的南山，与长安之南的终南山，有着近似的时空结构。

晋安帝隆安二年（398），四十七岁的陶渊明入江州刺史桓玄幕府。《晋书·桓玄传》描述：“（桓玄）及长，形貌瑰奇，风神疏朗，博综艺术，善属文。”只做了三个月皇帝的桓玄，虽然骄横，却天赋异禀，极富艺术气质，据说他出生时就有光照亮房间，因此小名“灵宝”。陶渊明追随桓玄五年，显然与桓玄木人的个人魅力有关。

虽然对于山北的人而言，南山是南山，而对于山南而言，南山却是北山。陶渊明种豆南山下，南山无疑是家园的庇护之所，它真实而虚无，对于远观者而言，他只是一个图形、一个结构、一个容纳想象的居所。

422年，陶渊明作《桃花源记》，这是南山隐藏的秘境。桃花源诗开篇便写长安之南山："嬴氏乱天纪，贤者避其世。黄绮之商山，伊人亦云逝。"如今高隐已逝，但高隐的家园依然在山中隐藏，生生不息。抬眼见南山，通向南山秘境的道路却隐匿不见，这不见的秘境如今又隐藏于文字的结构中，在这虚拟的镜像中，它因虚无而趋于无限的灵境。

南山可以是庐山、终南山，可以是觉悟主体所见的任意山川。它是自由的，不被纪年、政治、宗法控制的理想国，是诗意的生长之地。隐居者逃避生命的桎梏，回归本质的故土，这里无争无扰，安居者与日月同生息，与草木共枯荣。桃花源的先民避秦时之乱，遁入深山，正如四皓从长安巨大的君王政治结构中逃逸，避入结构所不能涵盖的南山。

雨果在《海上劳工》中写道：

> 宗教、社会、自然，使人类三大斗争的对象；这三种同时也是人类的三种需要。人需要有信仰，所以有庙堂，人需要有创造，所以有城市，人需要生活，所以有犁和舟。可是要满足这三种需要，就包含着这三种斗争。人生的神秘的苦难，就来自这三种斗争里。人类进步需克服迷信、偏见和物质的三种形式的阻碍。三种沉重的枷锁套在我们的脖子上，

那便是教条、法律和自然的桎梏。在《巴黎圣母院》里，作者控诉了第一种桎梏；在《悲惨世界》里，作者指出了第二种桎梏；在这本书里，作者将阐述第三种桎梏。

在纠缠着人类的这三种苦难里，更混杂着一种内在的苦难，最沉重的枷锁，便是人们自己的心。

处于庙堂之中的文人，教条与宗法的桎梏无疑是沉重的，但南山却非自然的桎梏，而是自然的理想国，是苦难心灵的栖居地。从长安到南山，是心灵摆脱枷锁，复归自然的诗意之路。

陶渊明家乡浔阳实指的南山，应在今江西九江庐山一带，而在文人心中作为隐逸出尘象征的“南山四皓”之南山，则在长安之南。终南山与长安城构成了出世与入世、显与隐、森严的规则与自由的诗意之对立相生。陶渊明悠然见南山，不仅看到了南山四皓的风神，也看到了一个生生不息的桃花源。南山四皓、陶渊明以降，历代士子徘徊在南山与长安的道路间，在驿站、他乡、故乡的流离与寻觅中，构建着自身的家园，走向自身的归宿。

在石涛的《陶渊明诗意图》中，南山是云雾中的一片暧昧，万千南山终归在一片暧昧的笔墨中隐匿。一个万物滋生、诸泉并流的自足世界，不过是一个虚拟的镜像、简约的结构。这是芥子中隐藏的须弥，是博尔赫斯所说的“阿莱夫”。关于陶渊明的生平与南山的样貌，都来自于后人的考证，陶渊明已经和他的诗文融入虚无的南山。这虚无的南山惟在行路者的心灵中可以显现、重生，南山重构了行路者的生命，且在重构中延续、重塑着自己的生命。

作为南山的源头之一，陶渊明以自身生命的桃花源为南山创

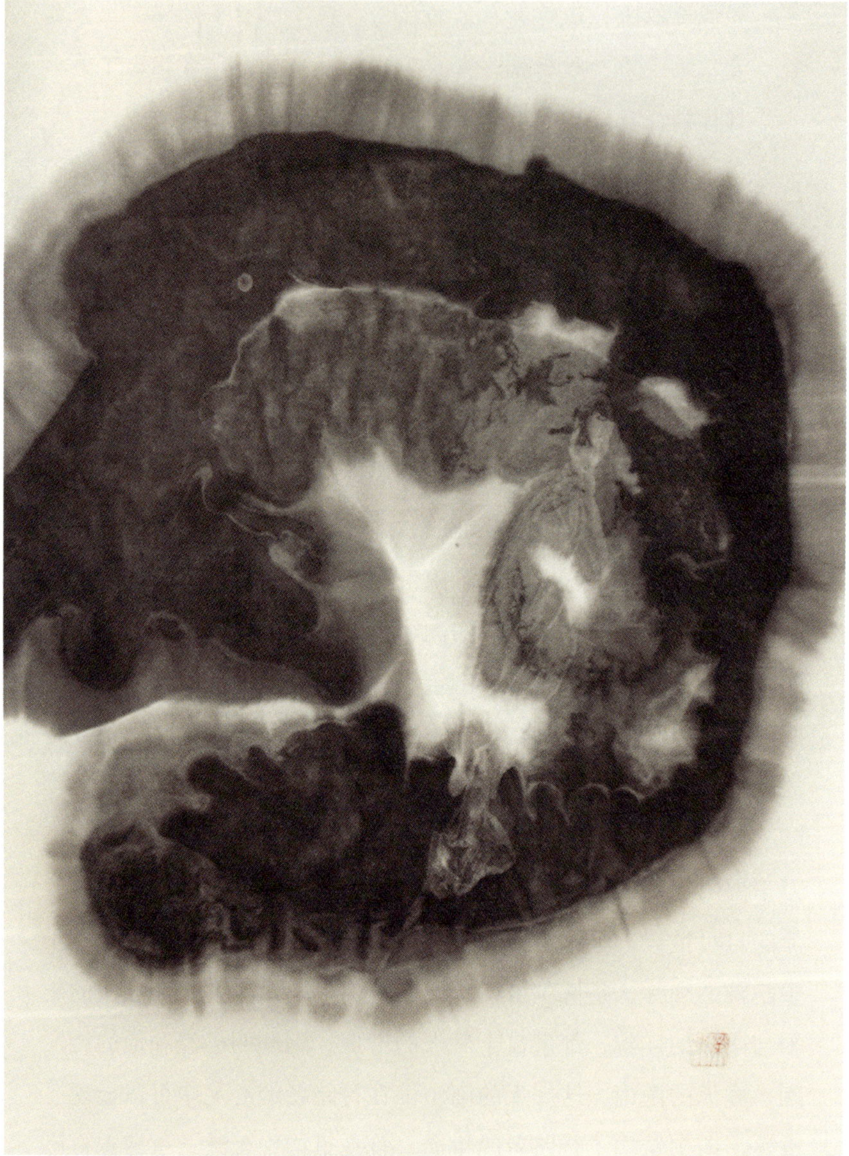

桃花源之南山秘境

造、积淀了一脉清流。

南山之下，是乡居者的家园，南山则是诸神栖居之所，月明之夜，花仙的舞蹈、精灵的夜宴，与草木溪流交汇。那隐隐的天籁，代替了日间的声息。从长安到南山，是从人间秩序到自然秩序，从语言的牢笼到无言的自由之境。凝望南山，产生的诗意篇章，也是解脱生命桎梏，拯救灵魂、重归家园的过程。那铺满金黄落叶的大地，日月之辉，在永恒中嬗变，在寂静的流转中显现着时光的意义。乡居者与行人凝视着山中的风物，在风物的流转中确立着自身的存在，体验着时光的真意。当陶渊明从秩序森严的官衙卸去负累，在田野中漫步，那些被压抑的时光重新沐浴于自由的山野清风，生命的意义被重新发现、重新创造。

山野、庄稼、菊花、东篱，本是乡间生活的寻常物象，但由于在诗人的诗意凝视中，蕴含了深沉的时光创造之力，萦绕着自由生息的天籁之音，从而生发出熠熠生辉的光芒。乡间的寻常情境，在这诗意的浸润中，成为永恒的桃花源。

从寻常的草木、河流，乡间的路径到草木的源初秘境，河流汇聚的雪山之辉，道路凝结的时光，乡居者突破实用的局限，回归生命真实的时光，抵达神秘的诗意。

南山不再是命名中的物理存在，而是精神的源泉、灵魂的归宿。而南山下的一间茅庐、一顶蓑衣，亦超越实用的物之属性，成为诗意的精神家园。种豆南山下，草盛豆苗稀。南山本就是野草的家园，草盛豆苗稀，则南山还是南山。若豆苗占据了南山，则南山不再，自然的秩序被人工的意志所占据。南山通向的，是“不知有汉，无论魏晋”的桃花源。

在我的家乡沂蒙山，故居并无南山，只有北山，及至到了北

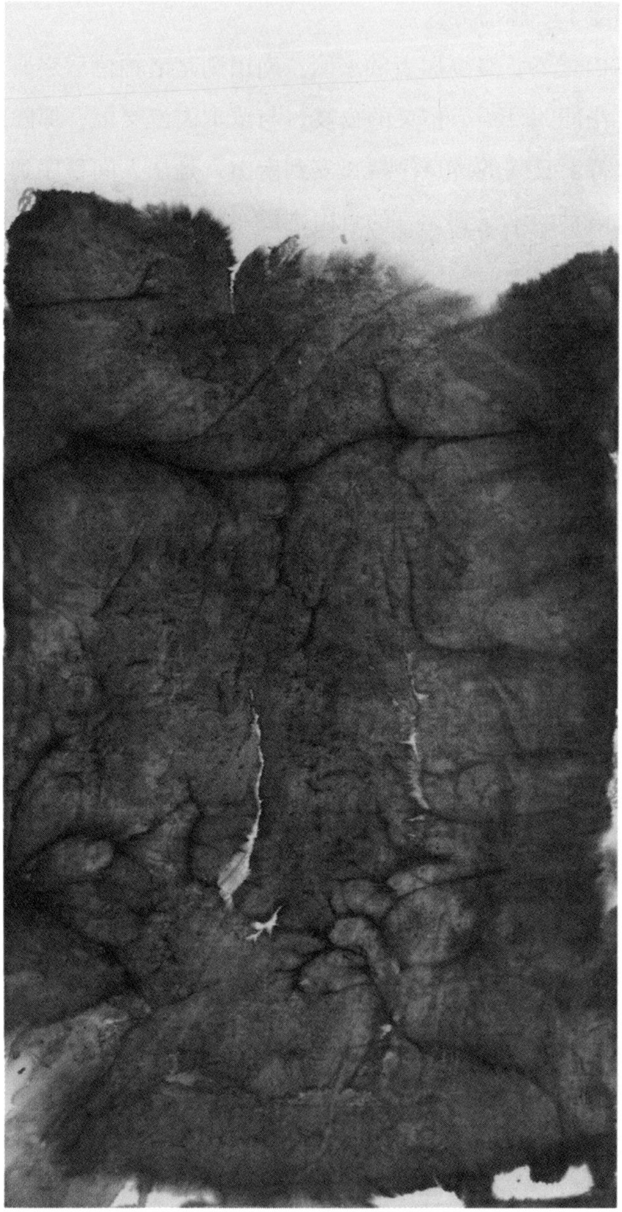

俯视南山如地图

大荒，也只有北山。但当我远离家乡，故乡的北山便成了南山，我数十年后回到故乡，我恍然觉得，自己从未远离。

诗

在一个叫舍庄的村庄
我读李商隐之《无题》
这是我的故乡
我在这里体味日出日落
月下的幽径
通向北山的方向

自从离开故乡
我就失去了山水的方向
世人告知的方向
都不是故乡的方向
直到那一年重归故里
在一场酒后蓦然看到北山
这些年的经历
全部化为酒后的忧伤

不知何时我也鬓上成霜
日月都是如此将往事照亮
那些迷失的岁月

南山日暮图

削减了北山的光芒

记得在终南山中
我恍然看到前世
看到神秘的故乡
在山中吟唱
一曲琴音
便透露了衷肠
还记得那月下的面容
美好　却如同幻境
美好的事物总是如此短暂
我无力将自身留置于美好的时光

如今看到北山
在北山饮酒
想起荷尔德林
那个忧郁的诗人
将北山的道路照亮
北山栖居
听到北山的风声
那是远逝时光的吟唱

今夜在北山
看到南山的月光
你看到南山

映照出北山的月光
北山容纳了往事
南山又将北山的存在收藏
这语言虚拟的南山
这月光构筑的南山
离开语言又创造语言
离开月光又承载了月光

山中的禅院
是何时的钟声

南山手卷

寥落了星光
清冷的寒霜
客子无眠的灯火
将山中的一隅照亮
忧伤的创造
这是忧伤的重构
这照亮
是流逝　也是创造
它将这月夜的时光收藏

画

梦入南山迷离处

镜中　清明

记

张枣在《镜中》中写道：“只要想起一生中后悔的事／梅花便落满南山。”这也是镜中的南山，诗中的梅花。《诗经·国风·终南》有句：“终南何有？有条有梅。”终南之梅，实为楠木。名贵的山楸、楠木，与后文“君子至止，锦衣狐裘”正成呼应。帝王的南山自然是建构车船、庙堂材料的天然供应地，只有文人的南山，远离功用，落满孤寂的梅花。

从《终南》到《镜中》，实际也是从朴素的南山走向复杂的精神建构之南山的过程。在《终南》中，人迹初入天然之境；而在《镜中》，自然之物已经脱离天然，皇帝、后宫出行的女子、南山、梅花，隐含了南山的流变、城中的秩序。南山依然还是南山，却不再是晨曦初显的秘境，而是承载了千年积淀的诸境之集合。作为诗意语言创造者的诗人，追寻语言最初的清洁诗性，却总被语言的积淀引入歧途。

只有当南山成为回忆，文字的南山方被创造，这是另一重时空、另一重结构。这是语言虚拟的南山、是情感指向的南山、是

初入南山

情感照亮的南山。这也是回忆的南山、象征的南山、镜中的南山。它隐藏在文字符号构筑的空间中，你在这里看到南山，如同镜中窥象。在明澈的诗性虚无中，你被文字感动，也被文字塑造。你与南山其实又有什么真实的关系呢？这只是一种象征、一种虚拟而已。

只有南山的秘境，和一个人的道路，可以摆脱语言的牢笼，通向纯粹、诗意的南山。它是如此清新、纯净，远离攻略、秘籍和导游词。这是语言初生的溪流之源，是未经修饰的天籁之音。这语言构筑的南山，可以让我远离喧嚣，回避人群，进入自在无碍的自由世界。

在《废墟与花朵——山水艺术志》写作完成后，我彻底厌倦了自己的文字。诸山沉重的历史命名也令山中的旅行变得沉闷，一草一木都凝结了古人的诗文、历代的题咏，我已经不似行走于山中，而是行走于无数精神暗渊构筑的迷宫，没有尽头，没有救赎，只有无尽的言说与记录。

在考察、写作过程中，我从河南济源的王屋山、析城山、小沟背一路下行，沿古济水的虚拟指引，在大大小小的山川河流行走。我虽然摆脱了城市，但依然被课题的结构所束缚，那些令人厌倦的碑文、几乎没有兴趣阅读的生僻诗文，消解了我的形成，阻碍了一个行路者自由的脚步。我的文字在这样的体验中偶尔触及自然的真挚，却终究还要回到那些大大小小的地图和典籍。

在山中滞留的日子，我遇到许多驴友，那些山中的秘境，往往被他们发现，他们是快乐的行路者，毫无负载地在山水间游走。虽然不喜欢他们的喧嚣，却也暗暗欣赏他们的自由与率真，对于这些经常沐浴于阳光下的行路者，总会在人群中与他人区别开来，油然而生一种喜爱。当我遥望南山，这神秘的南山，只是一片光影、一种图形，对于从未涉足的我而言，这是一个幽闭的秘境。面对常有驴友涉足的南山，我忽然感觉，自己也可以成为一头独驴。

这种想法令我兴奋，做一个无所事事的独驴，与山水亲近，不以任何课题作为行路的前提，想必是件十分快乐的事。我开始在网上寻找驴友进入南山的攻略和地图，在进入南山之前，我已经在他们的文字、图片中进入了南山。这虚拟的旅程，为我忧郁的心灵投射了一缕光芒。

一个写作者彻底放弃文字，进入南山，在旅程中，伴随着节气的轮回，风霜雨雪的嬗变，梅李桃花，山间清流，重归真挚的

南山的一个入口

无言。我当然期待新的语言的显现，我厌倦了自己的文字，是因为旧的语言已经无法真切的表达自身，我的语言在巨大的课题压力中枯竭，远离了创造的源泉。我期望自己能在停止写作的日子，寻找语言的故乡，在旧的语言的废墟中，萌生新的语言。

童年梦境中的桃花源又在梦中显现，无法用语言抵达，那是明澈、纯净、幸福的无言。所有的语言程式、表达技巧都已无力进入这个梦境，进入南山之前，我也开始尝试绘画式的语言。在美术界沉浸多年，看多了画家创作的不同情态，及至自己动笔，却是全然陌生的体验。绘画语言固然也是一种言说，但与诗歌语言一样，这是多义、暧昧的语言，况且对我而言，这是最初的语言。恰逢我的一处旧居闲置，于是我躲在旧居，尝试着开启自己最初的画面。我抛弃了一切既有的程式，我用自己的方式绘画。这隐秘的不为人知的过程，也如同进入从未涉足的南山，秘境的显现，令人着迷。我在绘画之镜中看到全新的自己，这也是一种新生。回头看自己的文字，我为自己文字上过多的负载而惊讶，我的语言之所以令自己厌倦，是因为负载了太多的伪传统，我的绘画画面是如此现代，可我觉得，只有这样的画面，才贴近了古人的心灵。

于我而言，我所处的所居之地，只是身体的居住之所，它是有限的现实处境，而南山却是灵魂的栖居之地，是无限的诗意空间。南山不仅是一个地理方位的指称，也暗隐了实用语言和诗性语言、有限与无限、瞬间与永恒、人工与天然、家园和故土之分野。

清明时节，我回到故乡，祭奠先人。清明无雨，遥望北山，我的故土，在山之南，故乡的北山，是我居住之地的南山。如今，我在南山怀想祖先，我看到祖先的背影，融入群山。我萌生了走近南山的想法，从不同的道路、不同的方向、不同的时序进入南山，在不同的角度遥望、怀想南山，或可抚慰我的灵魂，解脱生命沉重的桎梏，回归绵延着祖先血脉的原初。我的第一张水墨画也在由此诞生，在鸿蒙之初，我又看到童年纯净的世界，所有的伤逝、迷惘、仿佛都未发生，万物尚未命名，一切都刚刚开始。

诗

叙述者
终被叙述终结
语言终结的地带　其唯南山
祖先的归宿　其唯南山

寂寥　无言的世界
指向万物之源
只有南山寂寞的行路者
体味无言的诗意
如春雨浸润山林
初雪落满群山

天地的第一缕清辉
并未流逝
它在万物清洁的源头显现
草木初染

路隐千山

泉脉涌出
梅花开满南山

这万物初醒的瞬间
你只能接近
却无法洞悉南山的语言
这是终极的语言

枕南山入眠
昨日已成往事
往事如烟
往事在南山浮现
这不再是往事
这是南山的重构　南山的语言

（2015 年 4 月 5 日清明）

画

梦迷仙山

云山栖我心

南山忆　谷雨

记

在夜雨中听乔维怡唱的《南山忆》，那纯净的嗓音瞬间将我带入南山的清凉，这正是我要去追寻的南山。许嵩的原唱婉约、暧昧，低回百转，却没有乔维怡歌声中毫无瑕疵的纯粹。“乘一叶扁舟入景，随风望江畔渔火，转竹林深处，残碑小筑，僧侣始复诵，苇岸红亭中抖抖绿蓑，邀南山对酌。纸钱晚风送，谁家又添新痛，独揽月下萤火，照亮一纸寂寞。”仙侠归隐南山，往事便成惘然，歌声中的意象只是虚拟，扁舟、渔火、红亭、绿蓑、南山，这情境恍如古人反复表达的山水程式，陈旧，又有恬淡的诗意。唯有歌声本身是真实的，可南山本就是虚拟，当我在雨夜听到《南山忆》，我心中浮现的南山，与歌手表达的南山，大相径庭。《南山忆》是指向南山的一根手指，南山的存在一片虚渺，而在虚渺中生出的南山诸相，连接着凝视者不同的故乡，不同的道路。

连接着仙侠隐秘洞窟的南山，隐者踏雪寻梅的南山，山鬼凝眸的南山，如今人去山空，只余物理的存在。但这空山并不因诗

初见南山真容

文意象的隐匿而沦入死寂，时光的废墟中，蕴含着时光的创造，万物的生长，而这正是南山原初的力量。

在《南山忆》的歌声中，我第一次走近自己居所的南山。对我而言，南山并非是全然隐匿的秘境，这里虽然没有规划为景区，但却有诸多驴友撰写的攻略、拍摄的图片，甚至还有GPS路线图。行路者进入自己的南山之前，已经从他者的叙述中进入镜中的南山。

按照攻略的指引，我在杆石桥登上K52路公交车，直至终点。关于人生的道路，一辆公交车是最具象征意味的，所有的人都在相似的路上，我们相遇、同行、离开，各怀心事，各行其路。我独自进入母校新建的校园，一个牵着棕色泰迪的小姑娘会弥补了攻略的残缺之处，指引我找到了那扇通向南山的侧门。

昨夜的春雨浸润了山野，弥漫着花香的土路通向连绵的山峦，蝴蝶飞舞，恍如童年走过的道路，穿越花香与蝴蝶，路的左侧是梧桐花盛开的村庄，右侧是靠满鲜花的果林。一群羊从山坡上走过，羊们听到我的脚步，都停止了吃草，抬头盯着我看，那是怎样的眼神啊，清澈、单纯，毫无机心。我用手机拍摄它们，衣衫破旧的牧羊人对我的专注不以为然，他觉得自己是赶着一群会行走的羊肉。我虽然也爱吃羊肉，但看到真实的生灵，心中不禁颤栗。它们是人工豢养的生灵，虽然生长于山野，却无法遵从于自然的法则，而只能屈从于世俗规定的命运。田园与荒野，终究不同，田园之中，温润静谧，但也进行着悄悄的杀戮。

在山下听到山鸡的第一声啼鸣，才意识到，南山终于近了，田园是城市与南山的过渡。这一声啼鸣把我从人间的规则带入山野，一声天籁，消解所有的规则与束缚，从此刻起，我已经摆脱牢笼，进入山野的时序。固然，我是语言、文化塑造的存在，离开语言、文化的秩序，我将不复存在，但在山野之间，毕竟可以体味语言初生的质朴、真挚，体味到源泉的幽邃。

走入林中，斑驳的阳光瞬息万变，永无语言可以描述这微妙的光影。忽然会有山鸡从草丛中窜出，咯咯叫着，跌跌撞撞飞向另一片草丛。这是它们的家园，我是一个闯入者，呆呆站在光影中，平复着自己被野鸡蓦然惊动的心灵。

一只肥大的山鸡从我脚下飞出，落在十米远的前方，我不能为它的物理存在动心，它不是人类的豢养之物，它拥有自然的自由意志。狩猎者剥夺了山鸡的自由意志，使之成为一种食品，作为盘中美餐的山鸡已经脱离了自然的秩序，消解了天然的灵韵，而成为人类秩序中的消费、享用之物。美餐的定价、消费、加工、享用，与一只拥有自由意志的生灵，已经毫无关涉。

登上官山橛，沉积的岩石之书页，是天地亿万年的书写，我无法打开这书页，风雨剥蚀了岩石，显现书页的一角。那些神秘的图像，令人震撼。这些书页中隐藏了亿万年的时光，仍需亿万年的时光，才可以被时光翻阅。那些锁闭其中的图像，显现，又被风雨剥蚀。

海德格尔在《林中路　艺术作品的本源》[1]中写道："石头负荷并显示其沉重。这种沉重向我们压来，它同时却拒绝我们向它穿透。要是我们砸碎石头而试图穿透它，石头的碎块却决不会显示出任何内在的和被开启的东西。石头很快就又隐回到其碎块的负荷和硕大的同样的阴沉之趣中去了。"南山之石也拒绝穿透，但它被时光缓缓开启，它并非没有言说，只是这言说缓慢、悠长，鲜为人知。一块岩石，经风雨而显现的图像，如最初的言说，语言的原型。

这些在季节嬗变中显现、消失的图像，是南山对我的最大馈赠。一个人行走于南山的幽径，不仅沐浴这当下的清风，切穿行于时光积淀的图像，那来自源头的言说，固然微弱，半隐半现，却执着、深刻，令人目眩神迷。南山的幽径由此不再是进山的道路，且是时光的博物馆，语言的源泉。

纠缠在语言中沉重的枷锁终于在这一刻卸下，在语言表达的

---

〔1〕海德格尔著，孙周兴译，《林中路》，上海译文出版社，2004年7月第一版，32—33页。

南山丘壑

意义上，南山于我就如佛教徒之与敦煌。这些晦涩的图像，如同山水的奇幻，无数岁月的沉淀，凝结为这些不可索解的语言，人工尚未参与这语言的塑造，因而清洁、纯粹，如寂寞创世的天籁之音。

在山脊远望家园，笼罩在雾霾中的城市，那些奔波的人群、交织的电波、喧嚣的市声、光怪陆离的灯火，此时都被这灰色的雾气掩盖。我在南山脱离城市的时序，进入南山缓慢的时光，离开越来越沉重、越来越圆熟却脱离灵魂的语言，南山无言处，却有语言的真境显现。语言在这无言处回归真挚，回归神性，回归诗意。

在艰难写作中伤痕累累的行路者，终于在南山看到了曙光。我在微信中说，放弃写作，到南山 120 次后再说。其实另一种用意我隐而不发，从我的第一张水墨画《鸿蒙初开》开始，我已经找到了自己的另一种语言。和我的文字表达不同，这是未经世俗侵染的语言。南山为我展现了一个神秘的宝库，我要用一个“影子系列”追寻这诗意的语言、原型的语言。

在这幸福的体悟中，我沿着山脊，偏离了驴友攻略所指示的道路。南山的道路，不应延续城中道路的规划，这里没有赶路，而理应是自在的漫游。在山鸡的啼鸣中，行走于交叉的林中秘径。终于失去道路，于是沿连绵的山脊穿越，终于在黄昏前抵达一个庞大的村落。这是矿村，位于南山南侧，我心中的南山是此间乡民的北山。一辆独轮车，停在进山的道路前。车的主人并不在场，但正如海德格尔所说的农夫的鞋子，这独轮车也凝结了无数晨昏，覆盖着冰雪或雨天泥泞的道路，秋收的庄稼，春日的肥料，它和南山的石头一样，凝聚了时光，无非它凝结

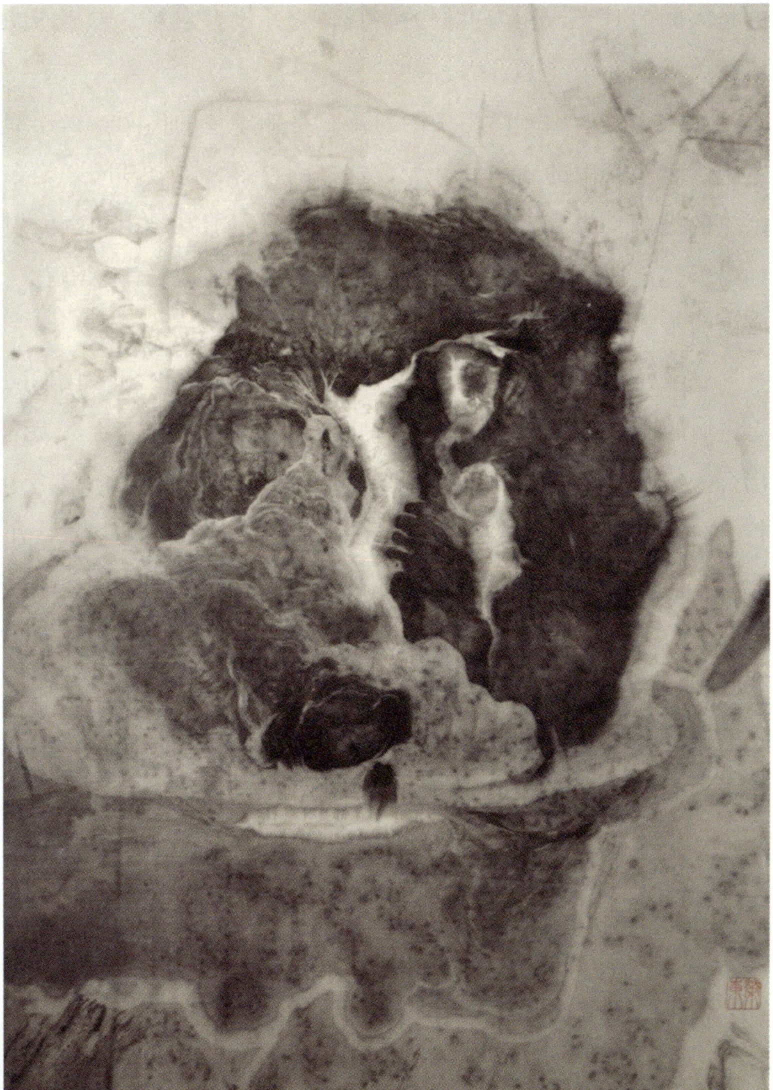

鸿蒙初开

的是人间的时光，作为世俗的工具，它并没有自然意志流露的诗意。

城之南是南山，南山中的村落，是如家乡的田园。在连绵不绝、直至泰山的南山间，无数这样的村落，隐迹其间。走在陌生的村落，想象着山之北，当我的视野不能穿越山川，山川的另一侧就成为无限的想象之境，我的居住之地与诗意隔着一座山的距离。

在乡民的指引下，乘上每天仅有四班的公交车，和乡民们同上进城的道路，他们是进城，我是回家，但在黄昏的车上，无论出行或归家者，内心都开始浮现家的温暖。车辆在南山的道路穿行，向南山望去，暮霭已经笼罩群山，那些日间灿烂的场景，在此时，即将归于夜的虚无。而这虚无之地，脱离了时空的羁绊，可以令心灵的影像自在的栖居。山色暧昧不清，而那些神秘的影子却越来越清晰，这些影子和我文化基因中的山鬼、湘君，在水一方的伊人，情感深处温暖的笑容交织、重叠，它们将在宣纸上显现，那是我自己建构的不为尘嚣侵扰的寂寞家园。

诗

当夜雨笼罩南山
逝者温暖的面容
在一杯酒中浮现
他们并未远去
那些往事隐匿南山

一场雨消解了南山的界限
从山之北
到山之南
蓦然显现的道路
通向秘境　那虚渺中显现的花园

扶杖归来的山僧
独吟梅花
空寂
山路溪桥
只余一声长叹

归我南山
异乡与故土　实在一念之间
南山无言
垂帘后已不见伊人的笑颜
与南山对酌

梅花开放的南山
梦中积雪的南山
明澈的穿越
如蝴蝶之迷梦
昨日重现
入梦化蝶的瞬间

山深万物生

往事终究化为云烟

在镜中凝视南山
相对无言
往事在镜中纤毫毕现
可这终归是虚无之地
一只蝴蝶穿越行路者的时空
这清灵的穿越
也穿越镜之投影的界限

你听到南山的鸟鸣
穿越千山

（2015年4月20日谷雨）

画

高隐无觅处

仙山云开亦无言

镜子 立夏

记

在谷雨和立夏之间，我五次沿同样的道路走向南山。每次都从同一个入口进入，又从不同的方向离开南山，我的足迹无法穷尽南山交叉的幽径。沿山脊行走，是全然不同的体验，层峦叠嶂间，山林的道路隐匿于草木之中，它们多与山脊的道路相连。一个人在山脊的行走，是行路者与群山的凝视、对话。并不是每座山峰都会有道路，有些孤立的山峰，只能沿石缝攀爬，石缝的尽头，多是直立的悬崖，除了飞鸟，罕有光顾者。

那个黄昏，我沿着山脊行走，我并不知晓这道路会通向何处。温暖的晚辉照亮了一道道山谷，峰回路转，一座圆锥形的山峰出现在眼前，山路蜿蜒通向山腰。这由洁白的岩石构成的山峰，被夕阳染为金色，这是在我梦境中出现过的金山。我面对这巨大的光影，彷佛置身时光的漩涡之中，寂静，纯粹，神秘。

这是一个新的山水世界，纯净、明澈，光影交织，瞬息万变。归鸟轻声吟唱，这黄昏的笙箫声是如此忧伤，又如此甜蜜、如此充实，令人想起无数往事。对往事的怀念，与其说是对往日情境、

峰回路转处

往日故人的留恋，不如说是对自身时光的眷恋，是对生命流逝的不舍。对伊人的怀想，也是对自我的寻找与救赎。当那些温暖的画面在山峦间浮现，这陌生的山峦，不再是陌生的异质存在，而是灵魂的同构，生命的故园。

此时我心中浮现的竟然是塞尚的《圣维克多山》，如归故乡，如入纯净的色彩之迷幻，这是我的圣山。当我屡次用宣纸追寻这瞬间的体验，一个新的世界在我的眼前打开。第一次，我在宣纸和颜料中获得回归故乡般的慰藉。

那个黄昏，沿山脊走到尽头，下山到了一个陌生的村落。果树的花香袭人，路上铺满白色的花瓣，走过几座废弃的房屋，依然没有人声。这寂静的、暗香浮动的黄昏，通向一个未知的桃花源。

第二天，我沿着旧路进山，我听到布谷鸟的叫声布满南山，在烈日下重温昨日的道路。我看到一架飞机飞过山梁，这是一架客机，我无法判断它的起点与终点，但我们在此刻相遇。机上的乘客俯视南山，如同一幅抽象的地图，可我是南山上一个无法分辨的行路者，我仰望飞机穿过云层，我和机上的乘客处于不同的空间结构，即使相遇，也没有交流，甚至无法感受对方的存在，可这毕竟是真实的交叉、相遇。

当你遇见一条溪流、一棵树，也无法进入彼此的时空结构，你无法突破身处的结构的界限。而只有昨日遇见金山的瞬间，行路者迷失在山水间，已经无法分辨山还是我，故乡还是他乡，永恒还是瞬间。这交融的瞬间，是南山向一个孤独行路者的馈赠，是被时空拘禁的灵魂重归自由与诗意的瞬间。诗意的语言，关联着这样的迷醉与交融，当我厌倦了自己的文字，不是厌倦文字本身，而是厌倦了失去自由与诗意的语言。进入南山，也是进入语言的自在，是脱离世俗工具的控制，进入语言的原型。这是万物初被命名的真挚，是神性笼罩的造物之欣喜。

在山脊的一片柏树林休息，一只白色的小犬蓦然出现。这是只典型的中华田园犬，这样的小犬，伴随着我的童年。从包里找了一块火腿给它，又找到几块鸡翅，它欢快地扑上去。等到我再次上路，它已经成为我的朋友。看着它欢快地为我探路，又欢快地回来迎接，不禁有些心酸，这是一只缺少爱的孤独的精灵。

但我无法带它回城市，那里没有它的位置，一只山野中长大的小犬，习惯了自然真挚的山野，在机心重重的城市，命运一定是个悲剧。我开始向回驱赶它，它不情愿地返回，须臾，就又跟了上来。有一次，我看它冲向悬崖，不禁吃了一惊，后来才发现

南山偶遇的小犬

它是为了解渴，去舔悬崖上渗出的水珠，人类的悬崖，对它也许只是漫步的山坡。终于我用登山杖把它赶了回去，它躲在草丛中，忧伤地目送我远去。也许它并没有跟随我回家的意愿，只是送我一程而已。

这次，我没有找到昨日的金山，在烈日的炙烤下，那些光影、那些诗意的迷幻，皆已隐遁。由此看来，昨日诗意的秘境，不是物理的秘境，而是黄昏与我的情感，那些温暖的往事共同建构的秘境。诗意的南山，不仅是物理的存在，更是心灵的建构与创造。与其说南山是地图中的确定符号，不如说是由心灵塑造的虚拟存在。

我也没有进入昨日诗意的落满花瓣的小路，而是在一个岔路口误入歧途。经过一段难走的石子路，还遇见了三个无所事事的中年汉子，他们的包里露出新砍的小树，估计是回去做拐杖吧。

他们竟然还在树林中抽烟，无数次山林大火的缘由在此初现端倪。路的尽头，是一个自然形成的垃圾场，树木被推倒，各种明显来自城市的垃圾沿悬崖倾倒了下去。那些黄绿的色彩，暧昧地堆积于林中，这令我想起一些令人恶心的当代艺术。当代也如南山的两面，有琴瑟和鸣的金色山峦，也有不堪入目的垃圾场。

绕过垃圾场，是一个停工的采石场，一座山峰已经被削去一半，露出亿万年积淀的触目惊心的内里。山若有灵，山应在悲泣。我从一个山脚的村落回家，村落中梧桐花盛开，浓郁的花香给我失落的心以慰藉。

在公交车上，我在微信中看到黄公望的《富春山居图》，想起多年前在富阳漫游的日子。当一幅画进入手机，这是一个奇妙的旅程，那虚拟的图像之影，在微信圈中传播，这被不断复制的投影，在不同的终端被阅读，唤起情感与想象，也唤起山水的回忆。在黄公望森林公园，已经全然找不到黄公望的踪迹，仅存的竹林茅舍，也只是当代公园的规划。

当南山成为虚渺，便成为往事的安置，重构、栖居之地。我们如今只能从《富春山居图》想象黄公望的隐居生活，而绘画是心灵的图像，它从山水本相出发，抵达的是灵魂的本相。黄公望每日桥头饮酒，酒坛堆满桥下，既能投掷酒坛，想必也可投掷他物，如今禁止倾倒垃圾的河水中都污浊不堪，在没有下水道、没有垃圾回收系统的元代，其状可知。清代传教士到北京，闻着街上散之不去的异味，走在泥泞不堪的街道，马车时常陷在污泥中，留下了对华夏文明的第一印象。想来《富春山居图》那清洁的画面，只是心灵的净土，也是污泥中开出的一朵莲花。这还是一个洁净的时空创造，令后来的观者净化心灵，容纳情感。抚慰被世

被砍削的南山

俗时空拘禁、异化的灵魂。

童年时，在北大荒的田野中发现一片低矮的山丘，到处生长着野苹果、山丁子，鲜花盛开，蜂蝶飞舞。但自从离开那里，就再也没有找到通向彼处的道路，那里仿佛是一个寂寞遗世的桃花源，从此只栖居于心灵的深处。在见到奇妙的金山后，那神秘花园的图景，又在眼前浮现，一朵花、一棵树，都仿佛有震撼宇宙的伟力！这是我灵魂深处的语言，我无法用文字抵达这样的画面。文字停止处，是无言的神秘画面，那些梦境中蓝色的巨大山峰，金黄的田野，都在此时被重新激活。我的灵魂深处，隐藏着不为我所知的语言。我用这新的语言记录梦境，记录那温暖的桃花源。

花开一脉琴音

在这新的语言的显现中，我找到了自己的时空，那里寂寞、充实，万象诗意的栖居，在世俗秩序中被消耗的时光在此得以拯救，异化的疲惫灵魂在此得到慰藉。我触摸到了自身存在的真实意义。

南山与桃花源，就是一个理想国的巨大虚拟，这洁净、无争的安宁之所，容纳了无数存在者的灵魂。一幅画、一首诗、一座南山，在进入岁月的流逝后，会成为一个无限的存在，一个情感的容器，它积淀了后世的情感与想象，创造者只是开启了一扇窗口，窗口连接着一个完整的世界。纯粹、诗意的语言，便是通向这隐秘之境的道路。道路曲折、绵长，有的通向密林深处，有的通向幽深的溪涧，在这万千交织的道路中，总会印下你的足迹，甚至，形成新的道路。

夜晚，我依然在宣纸上描绘着心中的金山，那是南山隐藏的桃花源。城市把南山视作可支配的资源，然而在山的深处，总有花香暗隐，那寂静的村路，依然指引行路者返回梦中的故乡。

诗

世界在一面镜中隐藏
归家者的道路
远行的背影
明澈而忧伤
这虚幻的世界
是如此真实
即使打碎镜子
万物依旧在每块碎片中隐藏

南山的道路
是如此甜蜜　如此忧伤
弥散在林中道路的光影
孤独的足音
是大地的吟唱

雨霁初照图

当飞机掠过山梁

飞机上的凝视者

与南山的行路者相望

不同的时空

重叠　同构　连接了道路与家园　离家与返乡

飞机离开南山的天空

天空隐匿了万象

我们居于镜中的故乡

如光影栖居南山

伊人在水一方

金色的山峦

是光影与南山的相遇、交融

水中月　镜中花　都是如此迷醉、深沉的迷惘

行路者在南山也被光影照亮

光影将尽　万山清凉

你无力留住这一刻

可一个返乡者

正是在这永恒的瞬间

召回了远逝的时光

（2015年5月6日立夏）

画

初见王屋烟云间

废 墟　小满

记

在通向南山的公交车上，在车载电视上看到同事的人与画的介绍。我寻常很少和他相遇，而在这样的氛围看到他的头衔介绍和画作，这精心设计的画面，全然有异于我心中的本相，制作人的视角与商业目标于我是全然不同的视角。而对寻常的乘客而言，这画面和不孕不育的广告并无区别，一位大娘看到画中裸体的姑娘，把头转开，她也许觉得这画面有伤风化，但无论如何这是一种相遇，在世俗世界，这位大娘和我的同事无论如何都很难产生交集。媒体与制作、设计与规划将触角伸到一切隐秘的角落，好在还有通向南山的道路。

穿过山脚下的村落，院中传来《江南》的歌声，一个新加坡歌手的演唱，此时在荒僻的村落被倾听，他歌唱江南的声音，在江北升起，这奇妙的相遇总在行走的道路发生。当你发现一种语言、一种歌声、一种笔触，那不仅仅是语言、歌声、笔触，那还是一个完整的世界。由于这新的语言的显现，消解了创造者与倾听者的距离，新加坡与北方，城市与山村，在这歌声的萦绕中创

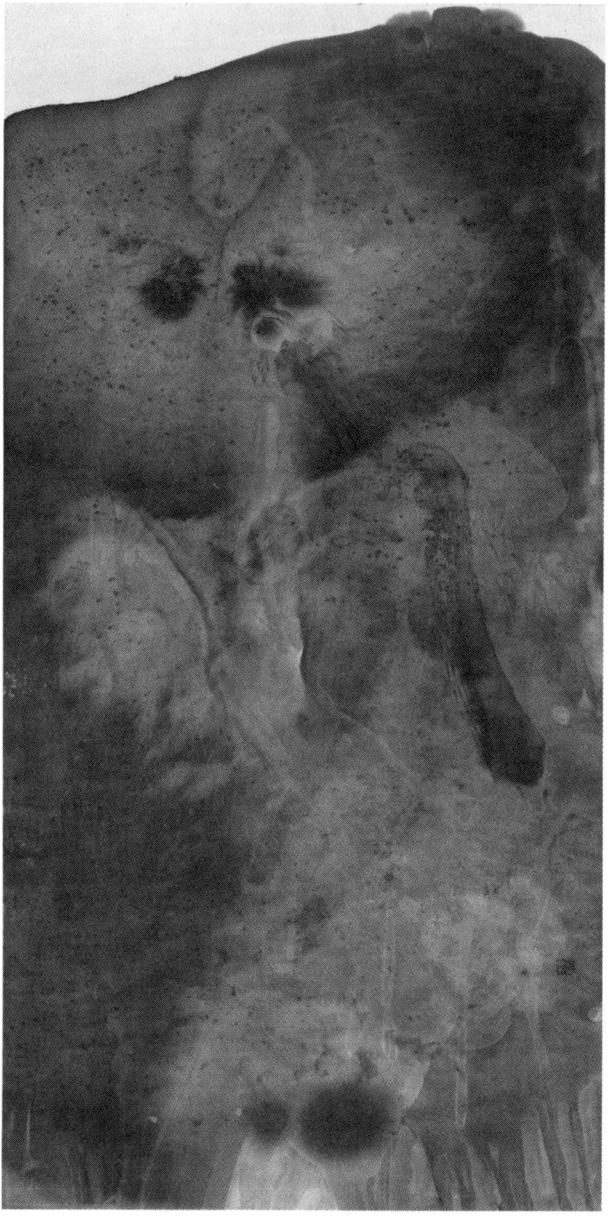

南山与废墟

造出新的时空。

而在乡村房舍的影壁上，你会突然发现孩童的涂鸦，连接着康定斯基的世界，那些拙朴的线条，自由的色彩，直抵本心，令一切语言的矫饰黯然失色。见多了虚张声势、苍白虚弱的绘画，这随心的涂鸦令我沉默无言。而走出村庄，山路两侧的石块，因风雨的冲刷，露出鲜艳的新的画面。这自然沉积的天书，在时光的剥蚀中消隐，又露出新的画面。无论是亿万年沉积的天书，还是孩童率意的涂鸦，都关联着山野的清风。这是南山诗意的语言，在这样的语言面前，我只能沉醉、追随。

登上峰顶，遥望村落与山路，那些涂鸦与石块中的天书，隐藏其中。沿山脊发现一条通往密林的新路，这林中秘径，将引领我进入南山的内里。一路上，数米高的巨大荆花令人惊异，在花香与蜜蜂的嗡营中，翻过一座山，路途越来越平坦，我听到山下电钻的声音，间或有乡民交谈的声音。

幽径的尽头，竟然有了人工修筑的石阶，铁丝网上挂的告示让我意识到，我即将进入人工的景区。他们拘禁了南山的一片区域，修建为售票的景区，我进入这片土地，必须向景区购买门票。一路无人，我看到自然的山涧被水泥构筑的结构所取代，每处泉眼，每处瀑布，都被吉祥的词语命名，并将各种杜撰的传说故事题写于石壁。行走在这虚构的文化建构中，南山的韵味已经消失殆尽。

景区的中部还有几个耍猴人，用铁链拴着几只小猴，这些被囚禁的生灵，似极了人类自身的处境，也似极了这被开发、规划的南山。我无意中成为一个逃票者，进入这乏味的景区。走出这由水泥和铁丝网围困的山谷，回望山谷，浓绿的树木遮蔽了人工

南山的道路

规划的痕迹，而雨雾也缓缓笼罩了山谷。这景区破坏了我心中的南山，自在、开放的南山被它分割、封闭，而我并没有意识到，这只是我失落的开始。

次日，沿着同样的道路进山，但我没有选择通向景区的道路。这是一片失去树木的区域，巨石裸露，新植的树苗很多已经枯死。在山脊上上行走，你会看到山的两面，靠近人迹的一面，已经仅余青草和低矮的灌木，远离人迹的一面，则是幽深的山林。在山脊行走，也是行走于人工与天然的界限。但人工依然在向天然之处蔓延，除了景区的规划，有一次我在密林深处迷了路，脱离了驴友红布条（为队友指引道路，驴友会在畅通道路旁的树枝拴上彩色的布条，以红色为主）的指引，在那些若有若无道路间，终于发现自己已经处在不可逾越的山崖之上，就在这里，竟然发现一处烧木炭的空场，这是那些盗木者隐蔽的犯罪场所。

在下山的路上，我看到一个巨大的采石场，山的三分之一已经被挖走。这亿万年形成的山峰，如同被利斧劈开，露出惊心动魄的内里。被砍伐了树木的山已然失去了生命的大半，而这种采掘使之彻底沦为废墟。若以南山为故乡，故乡已经成为废墟。

好在南山深处，依然残存着山水的灵韵，在人迹罕至的小径，依然有天籁萦绕。只有心灵的南山，可以得到保全，灵魂的创造固然虚幻，但那凝结了情感的虚拟结构，是灵魂的结构，是天然的原型语言。在这语言的源头，远离人工，是寂寞而清凉的自由之境。

深夜独坐，窗外又下起了小雨，忽然想起八大，那洪荒之中的寂寞，直指混沌的原初，我们都如同八大笔下的那只孤鸟，无枝可栖，可这如同虚无的茫茫天地，不正是我们的故乡吗？记得童年在北大荒，曾经误入草甸子深处的野荷塘。这里人迹罕至，我是因为采摘野果，才闯入这里。来时为了躲避一只野蜂，一只腿陷入了水下的淤泥，差点葬身此处。荷叶层层叠叠，铺向天际，漫天的碧绿中，有零星的花朵开放，那美艳的红莲，如同仙界的烛火，令人一睹惊艳。我屏住了呼吸，我还不能理解这遗世独立的寂寞情怀，却依然被她深深打动。

后来行走无数地带，见过无数或大或小的荷塘，却再无法和童年时的荷塘相比拟，童年的荷塘，仿佛置身世界的虚无之处，一片混沌之中，这是我童年所知的桃花源。八大的荷花，一定生长于这样的桃花源。我思慕这片荷塘，不是为了荷花的物象，那是为了回到童年的桃花源。

南山花开夜

诗

一个新的世界　从语言开始
也终结于语言
被语言命名的南山
最终被拘禁于语言

返乡者　在一杯酒中回到南山
那是脱离语言的牢笼　重归自由的南山
昨夜的炉火只余灰烬
烛泪凝结
而阳光已经透过故乡的窗棂
细碎的阳光布满群山

归去来兮　故乡深处的家园
是否还有伊人的凝望
那灿烂的笑容　照亮了游子所有的春天

苦寒的驿站
冬雪已经落满南山
月夜寂寞的南山
黄叶飘飞的南山
今夜你是梦境中唯一的眷恋

那被笙箫唤起的思念

日暮听泉如本心

月下的箫声
夜行的道路　已被情思填满

骑驴归来的老者
吟唱着南山
这寂寞的歌者
在南山显现　又隐于南山

往事如烟
当你在南山找到故乡
一梦醒来
你看到思念者清澈的凝眸
窗外　野花已开遍了南山

（2015年5月21日小满）

画

凝眸

映现 芒种

记

这是另一条进山的道路，沿一个城市边缘的小区行走，看到养蜂人的板房和一圈铁丝网，由此进入，便是绵延的林中道路。这里临近一个隐藏深山的部队，在 GPS 的引导下，我绕开部队的大门，进入了山林。GPS 引导的路线，与无目的的漫游相异其趣，漫游更接近命名之初的真挚，山林之行摆脱了人为的命名与赋予，GPS 将未知的山林标志为已知的存在，诗意消减，但对于初次进入山林的行路者而言，这是避免迷失道路的必要手段。况且，GPS 不仅引导行路者的道路，且将行路者在山林的足迹记录、保存，山林与行路者的关系不再是转瞬即逝的，这样的记录也暗蕴诗意。

从簸箕顶到扁石山，可以听到山脚下楼群开发的打桩声，这巨大的噪音使山林的气韵消失殆尽。偶遇一独驴，要求结伴，委婉拒绝，我理应保全这一个人的南山。转过一座山峰，打桩声终于消失，花香暗暗袭来，我看到山谷中养蜂人的临时放蜂地。

到了白云山，空山无人，几只飞鸟盘旋在峰顶，山石洁白，恍如世外仙山。沿山脊行走，一侧是幽暗的山林，另一侧是荒废的梯田，这些梯田原本也是山林，这是“人定胜天”时代的遗迹。穿过一片嫩绿的灌木，我看到一片洁净的沙丘，这是令我内心忽然充满温情的沙丘，洁白，温暖、洁净，有慈悲的庇护感。花草稀疏，在我的桃源梦境中，一定有一片这样的沙丘。我和这片沙丘的相遇，恍如前世的家园，仿佛是与童年、故乡的遇见，抑或是，这里面隐藏了我前世的隐约回忆。最伟大的传统，是隐藏在我们身体深处，灵魂深处的本能。那莫名的召唤，寂寞的回声，

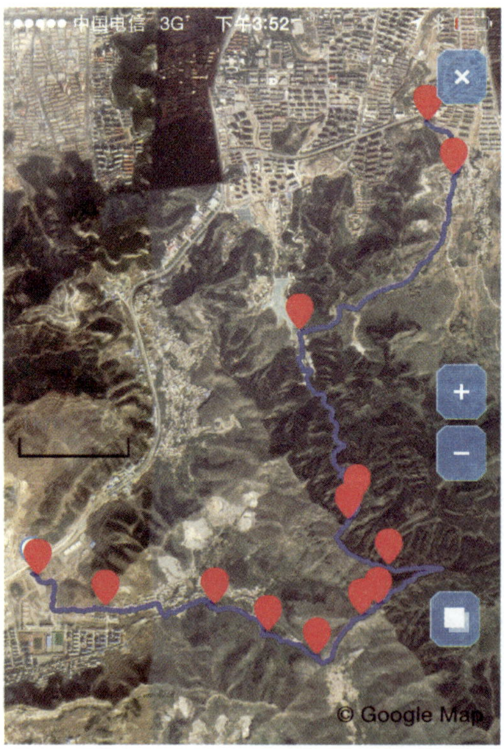

GPS 记录的足迹

是积淀亿万年天地韵律的余音，是最终家园那缠绵而不绝的光影。山水就如天地的书页，在阳光风雨的历史流转中层层显现，这里面隐藏着时光的歌吟、生命的诗篇。

在沙丘流连很久，在幸福的充实中开始脱离设定的道路。我沿一条开满细碎白花的道路进入山涧，水流时而流在石板上，时而流入石下，如古济水的“三伏三见”。在密集的藤萝中穿行，阳光闪烁着挤进幽暗的山涧，忽然，一只金黄的山狸猫在前方窜出，迅速消失在灌木中。这金黄的精灵，被我这个闯入者惊动，它的身影深深印在我的心中。

山涧出现了岔路，我只能向来时的北侧行进，南侧高大的山峰令体力耗尽的我心生畏惧。山涧的尽头竟然出现了畅通的水泥路，涂着迷彩的房屋告诉我，我已经误入军营的辖区。路上悄无人迹，我看到几座石屋前立着一块牌子，竟然是韩复榘别墅旧址。继续前行，一个口袋里揣着一大瓶茶水的士兵拦住了去路。这个寂寞的士兵把对驴友的劝阻看作是莫大的乐趣，他乐于看到驴友们失望的背影，我只好原路返回，继续向南。幽深的山涧中已经没有 GPS 信号，我只能向着一个方向行走，期待能走到山南的村庄。

军营占据了南山核心地带的一条山谷，这条山谷阻隔了游人。南山中的一片禁区，将南山的工具性推到极致，禁区中的庙宇、历代文人的题跋、佛教造像，与弹药、军械并列，这真是奇特的相遇。诗人的歌咏已经远遁，佛号消隐，军队的口令响彻山崖、庙宇。谨严的秩序封闭了山谷，但也令山谷的自然风物得以保全，在山涧的一个十字路口，我看到驴友们遗弃的废弃物，这些厌倦了日常生活的闯入者，带着彩旗、音响进入山林，他们不是回归山林，而是要征服山林，这也是“人定胜天”的遗产。走过五颜六色的垃圾地带，彷佛能听到南山的叹息。我们都是南山的异质存在，是失乡的旅人。当部队以军械为屏障，隐身于草木山涧，草木山涧被人为锁闭，诗意固然无存，但终究保全了草木山涧的存在，它们仍以草木山涧为名，但那只是伪装，它们被重新编号、排序、命名。

从岔路进入一条清洁的河谷，这里显然人迹罕至．一人在山谷中行，云层蔽日，天地芬芳，云层的裂隙透过一脉金色，温暖的金色，照亮了枝叶，也照亮蝴蝶的翅膀。蓦然想起童年的道路，蝴蝶与蜻蜓，金色的夕阳，夜晚萤火虫飞过的山林，一座山谷不仅包容了军营，也隐藏了童年的记忆，当然这只是山谷幽僻的一隅。

在一个天然的水塘中，我看到万物的反光，这是一面真挚的镜子，在万物与水的交界，那光晕中有诗意的画面留驻，这纯真的映现，如邻家少女的凝眸，温暖，清澈。这是穿越古今的映射，雾迷山路，那翩跹的山鬼、守望的伊人、夜行的书生、寂寞山寺的灯火，在镜中隐现。这是镜之为镜的本义。

只有在与南山对立的城中，南山才成其为南山。在南山中映照出城中的家园，而唯在城中，南山方有如此悠长的诗意，如此寂寞、真挚的语言。

在一个纠结的时代，登场与退隐，喧嚣与宁静，不舍与别离，远行与追忆，交织融合，莫分彼此。这是一个奇异的时代，夜宴灿烂的灯火，总是与凄清的街道相连，最美的笑容，总是在幻灭中显现。古今重叠，时空交错，只有那一丝不可言说的心境，印证着你的存在。

山鬼

万花开时不见君

向山涧的上游追溯，山峰环绕，一侧是种满果树的梯田。攀着梯田的石壁向上，我终于脱离了遍布歧路的山涧，一位劳作的农妇看到我，吃了一惊，她觉得这山涧无趣而危险，我和那些驴友一样，是村民们不可理解的无所事事的闲人。哦，走上大路，我看到了金黄的麦田，群鸟飞过的金黄麦田。

当夜，我梦见了雪山，圣洁的雪山，无人可以支配的自由神山，蓝色天空下永恒的雪山。这雪山与日间所见的金黄麦田重叠、交融，这是远行者终极的故乡。

我在宣纸上保存这南山一隅的诗意，我选择澄明的色彩构筑一个映射万物的水塘，这张纸就是一个诗意的水塘，纯粹，容纳寂寞的色彩，容纳万物。当万物化为光影，万物也就脱离了明确的边界，也脱离了有限的时空，如同幻境，如同南山诗意之镜。这纸上的南山，使我摆脱焦虑、喧嚣的时空流逝，进入宁静、诗意的安居。万物恍若消失，万物重新显现，它们被一面洁净的镜子映射，这不是重现，而是全新的创造。在那些光影构筑的唯美情境中，我与万物同在，我隐身于万物的交集。

诗

南山欲雨
落花　如此静寂
水塘映出的世界
一片虚无
这虚无的澄明
令人想起　镜中的往事

山居者　独吟如烟往事
一片月光　刻画出群山
谁在溪畔伫立

寂寞的回声　弥漫四野
听樵者夜歌
往事已化为今夜的烟雨

月洗千山

烟雨笼罩的南山
如灵的凝眸
往事被一夜雨声洗清
一首诗　一幅画、
便隐藏了你的今生前世

纸上的笔触
是你进入南山的道路
透过云层的光影
照亮南山的道路
是谁　依然在南山隐居
独自吟唱南山的瘦梅　带来南山的消息

（2015 年 6 月 6 日芒种）

画

野壑无人知

天光　夏至

记

雨雾阻隔了进山的道路，一个人的南山最宜独自怀想。在人工规划的湖畔想起南山的道路，南山的道路此时已被烟雨弥漫。雨雾中，荷花初绽，忽然有一缕光照亮万物，这是来自荷花？天光？抑或是心灵忽然觉醒的光线，万物澄澈，心底通明。不断藉物像的寻找，其实不在其物，而在藉此物而生发的光明。绘画也不在其物，而在于这不可言说、无处寻觅的神秘之光。

这神秘的光线，隐藏于我们原初的天性，隐藏于混沌初开的诗性语言。这是超越物象之形，抵达灵性的语言。若你贪恋于南山，并非贪恋于南山之物，不是山林，而是山林的韵味，不是伊人，而是伊人伫立的怀想，道路与故乡的寂寞想象。怀念的故人，也非故人，而是一种温情，一种家园的情感指向。

只有一个人的道路，可以窥到南山诗意的光影。

在这场雨之前，我数次尝试与同伴一同进入南山，但总被暴雨雷电，或事物羁绊所阻隔，在山的入口便被迫返回。只有一个人的独行，可以脱离实用的工具性语言，远离城市人群的关系结

山脊的道路

构，进入山水灵性的世界。

在荷塘那束神秘光影的引领下，第二天我又踏上了进入南山的道路。从浆水泉进入山林，往日熟悉的景色与心灵中那束光影相比，忽然回归了物象的本色。转过山谷，巨大的延伸到垭口的岩石上，一个废弃的院落，残缺的院墙，杂草丛生，酸枣树已经高过了院墙。这寂寞的废园，在群山间寂寞无言。这已经成为山中精灵的栖居之地，在明亮的月夜，这里是否会有笙箫响起，院内是否会燃起昏黄的灯火。

进入院中，虽是正午，却令我周身生出寒意。山梁上一朵棉花糖般柔软的云，映射着我无处栖居的心情。内心是如此空寂，我方才是否偶然闯入了山中精灵的世界？它们夜宴的餐桌，舞蹈的场地，是否被我莽撞的脚步践踏？很快，我就得到了惩罚。

一路惆怅，走了十公里山路，翻过一面陡峭的山崖，往日进山的道路就在眼前。雨后湿滑，忽然我的身体滑了出去，一阵剧痛袭来，虽然登山杖缓冲了下滑的力量，但脚踝已经浮肿，几乎不能行走。用随身的急救包包扎，一步一步挪下山。终于回到家中，我知道，从此刻起，我的南山之旅暂时终结了。

医院拍片，果然，第五跖骨骨折。当你窥见那如灵的世界，

棉花糖

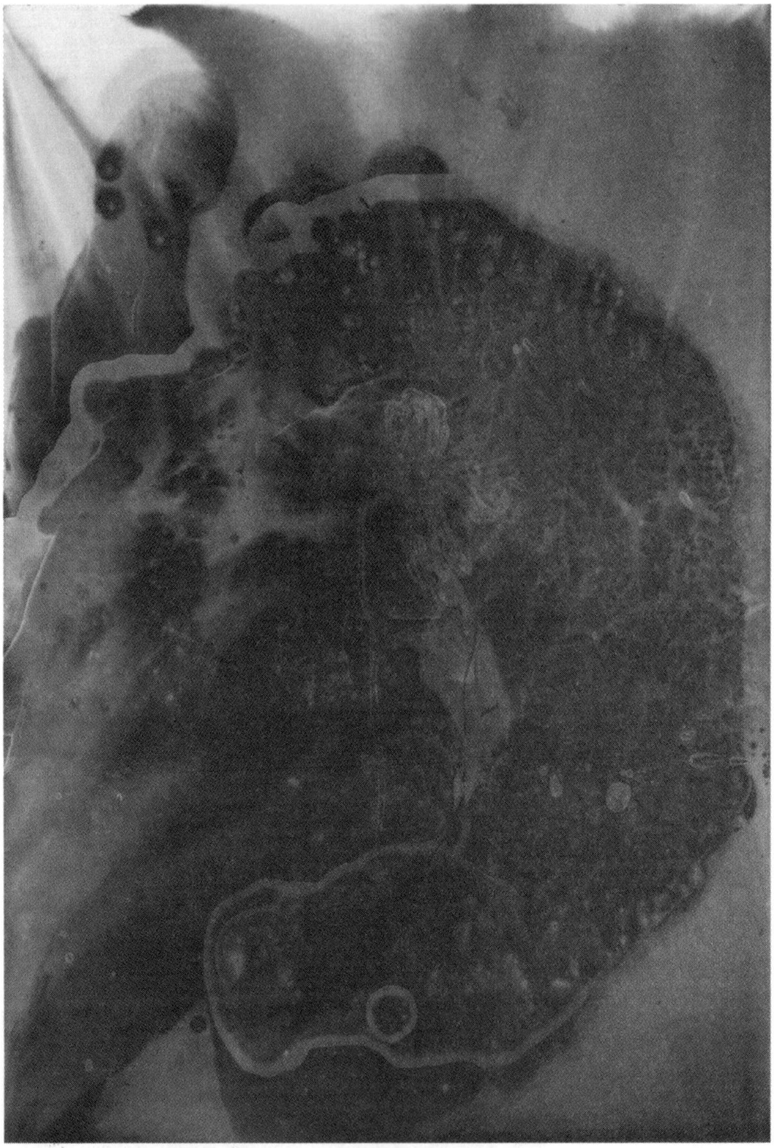

南山春花伴入梦

在回归世俗秩序的道路上，有千山之阻隔。

我只能遥望每周要去三五次的南山，如今的南山已经虚渺一片，它成为纯粹的想象。南山是我遗失的一面镜子，它所有映现的存在，都已经远离我的视野。那面诗意的镜子，在远方的日月之辉中熠熠闪光。我知道，即使进入南山，我也无法洞悉镜子的世界，我在光影交织的道路间行走、迷失，体味着自身的真实与虚妄。

然而，在荷塘所体味的那道照亮心灵的光芒，在南山的怀想中逐步显现，它开始照亮虚拟的群山。在夜晚，李商隐诗中缠绵、唯美、神秘的色块，映入南山澄明的空间。记得去年到济源玉阳山，在传说李商隐隐居之地，我在夜色中下山，月光照亮了山下的道路，那洁净的土路，通向村舍的灯火，连接着李商隐诗中的青鸟，无声的锦瑟，窗棂后温情的凝眸。这神秘的光影，通向南山，通向灵魂的桃花源。

这色彩明澈的融合，包容了天光云影，溪涧茅舍，万物栖居其间，它也投射万物，那是世俗秩序遗失的纯粹语言。用这样的语言关照万物，不是看到物象的投影，而是春雨浸润群山，天光透过山林，这是万物的创造，在这洁净的语言中，一草一花，一山一水，皆为天籁。我久已失去这样的语言，这是诸神在场的语言，是生灵真挚的语言，是超越时空的语言。

遥望南山的日子，我与南山的物质存在有了距离，而与它诗意存在之距离反而消失。正如进入桃花源的渔夫，渔夫发现隐秘的洞口，进入另一重空间。这有形的空间终会迷失，只有在虚拟的文字、艺术图式中，桃花源才是永恒的存在。与流逝的时空情境相比，真正的艺术语言接近天地的原型，因而有着超越时空流逝、回归朴素、纯粹原初的永恒。我画笔下的南山开始有了如雪山的圣洁，这是距离使然，只有当南山成为可望而不可即的存在，它方彻底脱离物质形式的束缚，成为真正的桃花源。

在城中的生活，如同一场笙箫萦绕的夜宴，你对自己并无所知，你的存在，仅仅由夜宴的存在者所规定，演出的曲目、夜宴的台词，在夜色中流逝。当你从乡村走向城市，你并没有做好离开乡村的情感准备，就匆匆上路，当你意识到南山已经远离自己的生命，焦虑、压抑、迷茫就成为生活深层的底色。南山也有神秘的夜宴，只是这里的存在，是质朴的万物，这里没有重复，所有的语言都指向生灵的本质。南山神秘的夜宴，山鬼的面容，仙人居住的洞窟，在想象的南山隐现，那里隐藏着我的道路，我的语言。

及至道路锁闭，雾迷远山，你才蓦然发觉，自己的内心已经被南山填满。在遥望与回想中，南山才是完美、永恒的存在，才是灵魂的家园。这个无限的世界，终于从有限的道路、局部的草木溪流，GPS、地图的界定中解放，重归无限的寰宇。在城中想象南山，是在有限中看到无限，是在规则中看到自由，是在现实中遥望想象，是在冷酷的时光之流消解枷锁，重返往日，体味时光甜美的充实之境。

诗

在家中遥望南山
想起南山的桃花
没有东篱之菊
无法悠然见到南山
我只能遥望
不见南山　只见镜中发白如雪

南山已成荒野
山鬼的凝眸　花仙的房舍
都已成传说
是谁在雨夜饮酒
想起南山的桃花
一杯酒中隐藏的岁月
令你潸然泪下

昨日重现
寂寞的虫鸣　随雨声止歇
这只是镜中的重现
一面空寂的镜子
是虚无的澄澈
如飞鸿掠过的天空
昨夜已逝的笙歌

山居如遗世

那伊人伫立的南山
只余空山的寂寞
写满诗句的素笺已经泛黄
在这诗句建构的世界
细雨流光　色彩斑驳
这是隐藏了往事的另一重时空　另一个世界
今夜　你在诗句暗示的道路中迷失
恍如化蝶

今夜我只是一个思乡者
一个失乡的游子
在镜中看到南山　花开且落
镜中的前世今生
被一场南山之夜雨激活

（2015年6月22夏至）

画

云过南山

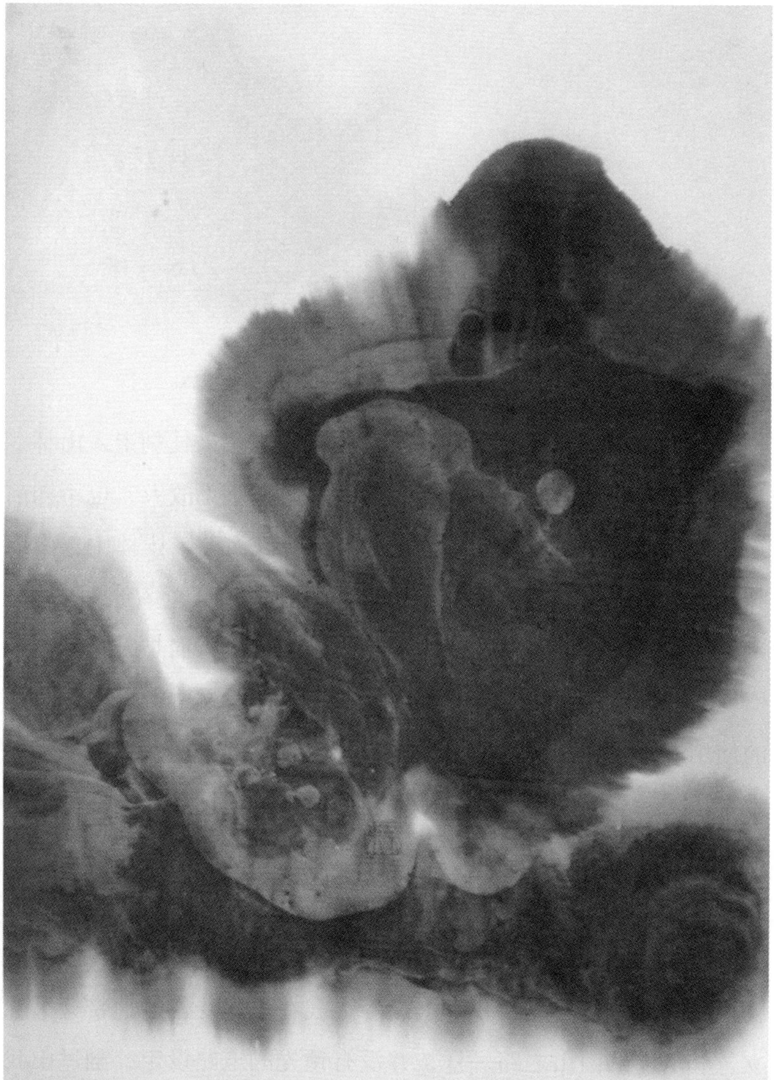

当我看到南山的光芒

游 子　小暑

记

不见南山的日子，我常在游戏中沉溺，一人仗剑走入山林。当你一个人在南山的雨中行走，漫天烟雨，不见故人，也不知前路，这天地之间，惟余彻骨的清凉回忆。在游戏、媒体中，南山与人物皆是虚拟，这虚拟的空间恍若无限，然而这终究是程序设定的情境，你在道路中发现的不是天然的世界，而是人为制作的幻境。当你在一个游戏，一部手机或者媒体终端中栖居，你只是的使用者，你无法进入一个游戏，一部终端的内部，那些枯燥的数字排列，丑陋的排线与元件，与那些精美的设计，是一件事物的表层与内里。

返回南山，已经是 20 天后，好友为我介绍了一个泰安的老中医，用他的草药，我的伤奇迹般的痊愈了。重返南山，内心有初回故乡的快乐与充实，登上山峰，我在上次受伤的地带久久伫立，和从前的南山之路一样，并没有预先的道路设定，翻过山我沿着山路向一个荒村走去。

山中的行走，是自由的漫游。在城中，所有的物体都在巨大

愿隐南山不知处

的规则下运行，我们是城市的部件。在城中向南山行走，心中浮现的南山，是尘嚣中显现的南山，是遥望故土的想象，也是城市自身的创造。南山隐隐与城对立、互视，山中人与城中人各自隐于其间的法则，貌似同路，却总是各怀心事。到了山中，城内的一切就成了幻象。南山是另一重天地，另一重时空。但南山终究是城中人的南山，南山的命名，南山的诗意，南山的温暖，若无城的存在，也无所依附，无所表达。

穿过山涧中的芦苇，已经可以看到位于对面半山的村落。沿土路向上，路两侧的果园、梯田已经荒芜，野草丛生。石头砌成的农舍，窗棂残破，院落倾颓，这是一个无人长居的废弃山村。

但我听到村路上悦耳的铃声，一只美丽的小毛驴，驮着几桶水走来，看到我，它竟然会让路，明亮的大眼睛让我想起哈梅内斯笔下的小银。这是荒村唯一的人家——黑峪手擀面老板新买的小毛驴，小毛驴为驴友们驮水，这真是奇妙的组合。荒村处处都留下村民的痕迹，但这痕迹又被荒草、风雨渐渐吞噬，这里最终会化为自然的一部分。这是如同人类命运的隐喻。

在村口，我看到一棵被砍伐的大树的树桩，那清晰的年轮，令人感喟。时光流逝，但又被草木山崖记录，这一圈圈深邃的年轮，是时光的图腾，也是草木的语言，语言的原型，这样的语言具有最本质、最深刻的诗性。诗文绘画，追寻语言的真境，只能追溯这语言的源头。从黑峪下山，沿涧底回返，这是一条新的道路，涧底的石板平整洁净，如远古村庄的街道，令人有莫名的亲

山中的小毛驴

近感。两侧壁立的山崖，又令人睹之惊心。

从涧底攀爬到林中，遇到一位爽朗的独驴，他指点我走快活林的方向，那里于我如今尚属秘境。穿过一片密林，一道白色的山崖映入眼中，松柏在石缝中生长，虬枝旁逸斜出，一条窄窄的山路蜿蜒消失在山崖的白石后，真如《水浒传》中那些永无止境的道路。这是狸猫山，并没有发现狸猫的踪迹，但这名字令人感觉山林中有狸猫隐藏的眼睛。

转过狸猫山，是群山间一片狭长的平原，灌木丛生，蜂蝶飞舞。两座圆形的石屋在灌木中寂然而立。这也是废弃的人工之物，它们是山林与人间的交界。走出这片平原，我看到了田野，竟然还有一座公墓，那些长眠于此的人，处于南山与乡村之间，是两种空间的界限。公墓边上的田野竖了几个稻草人，我从未见过这样诡异的稻草人，残破的鲜红衣服、蓝色的礼帽，令人感觉这是公墓的附属之物。一群飞鸟掠过，它们自由地在山林与人居之地栖居。

我的手机响起，是乔维怡版的《南山忆》，我将这首歌设为自己手机的铃声，不论是谁打来电话，先要激活这清澈的歌声，如此，在人群中，我也能听到南山的歌咏、南山的回忆。下山回家，我为自己脚伤的痊愈而兴奋，看到路边的摊贩打出南山樱桃、南山豆腐的招牌。这质朴本真的山林表述，令我感觉自己虽然生活在城市，也生存于南山之下。

南山是物象，是想象，也是诗意的家园，是永恒的故乡。从物象出发的想象，终究会远离物象。远行者的家园，终究会成故园。家园的怀想与重构，是诗歌绘画写意精神的灵魂，写意不是写日常琐屑的情感碎片，而是书写远行与返乡、家园与故土的本

石屋

质主题，写物象与天地的韵律。我的画中也开始出现写意的笔触，这是对天地韵律的摹拟，这无言的脱离物象形貌的笔触，是情感的抒发，也是心灵的超越与觉悟。

万物也有故乡，回到故乡，不是回到物象，而是回到天地的灵韵，回到造物的原初。在一枚核桃、一块石头、一朵花中隐含的世界，也记录了阳光，节气，蕴含了时光的流逝与保全，隐喻了生命的故土与家园，舍此，对一块石头、一朵花的描绘，仅具表面的形式意义。行路者在人群中的迷失与在自然中的拯救，构成了艺术本质的意义，返乡是对生命迷途的拯救，而藉山水、草木建构的故乡与家园，给生者以激励，给逝者以慰藉。重返一个理想主义者的桃花源，山水的形貌并非自身的私藏，而是故乡珍贵的赐予，人的形貌，山村的外观，也是如此，它是灵魂、韵律的居所，灵魂永存，而形貌终会被时光削减，归于尘土。

南山的空间，与山中的花朵、石块所蕴含的乾坤并置，只有行路者的灵魂，才能将这些不同的意象，不同的空间熔铸为一体。草木云烟的交叠、重构，处于可见与不见、真实与虚无、流逝与新生的边缘。正如佛家所讲的“不二”，阴与阳，生与死，日与夜，实为一义。

用笔墨色彩构筑的空间，是形象，也是混沌，是幽邃，也是光明。这明澈的光芒，照亮群山，照亮往事。渔夫误入桃花源，是庄周化蝶的一梦，也是真实的旅程。当你走过洞口的晦暗，看到一片微光，这微光的背后，一个宁静的世界，正悄悄打开。

从南山归来，夜画南山，色彩在笔触间的块面栖居，流动着不可言说的生命韵律，这是南山的原型，也是灵魂的空间。在墨的神秘世界中写出人形，或为山鬼，或为僧人，或为梅花落尽南山的伊人，山与人的相遇，不是相遇，而是交融，是异形同构、不分彼此的存在。这幽暗而光明的存在，瑰丽、隐晦，神秘、自在，是虚无，也是存在，是流逝，也是重生，如一面澄澈的镜子映现万物，只有澄澈，方不为物所染，映现万物而无损自我。古耶今耶？一画而已。

于我而言，文字是日间诗意的凝视，绘画则是夜晚神秘的梦境，语言重构万物的世界，如同烛火映照万物，那是无声音乐流动的世界。那漫游者的身影，整合了生命中所知的一切存在，生命的历程就是最伟大的艺术，万物在生命的灵魂中共同生息，文字绘画之事虽微，却也有容纳万物之伟力！

初见南山便惊心

诗

先民开启山林　筚路蓝缕

南山初启的前夜

洁净　安宁　　诸神凝视

神秘的南山

被命名的南山

近在咫尺

山鬼起舞的山林

木叶萧萧

衣袂拂过的花香　如此浓郁

城郭之南　便是南山

通向南山的道路　也是先民返乡的道路

一壶浊酒

映照着南山的大地

南山温软的日月

照亮满山落花

那是诸神的诗句

那是南山飘零的诗意

这创造的前夜

万物无言

先民开启山林　命名万物

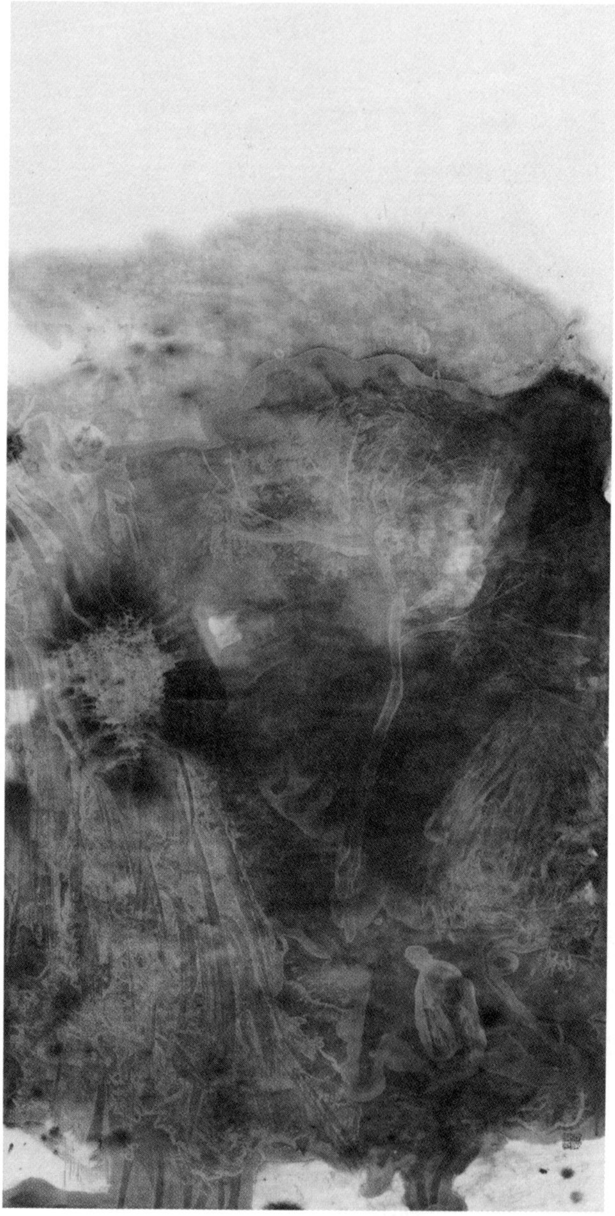

南山忆

语言建构的南山
创造了南山　也创造了万物

南山从此被语言锁闭
纳入时光的创造　也纳入时光的废墟
你是南山永恒的游子
当你回到南山　总听到万物生长的声息
你也总在此时　醉卧山林
今夜你已回到故乡
今夜你离开语言的拘禁
自由　化身故乡的万物

（2015 年 7 月 7 日小暑）

画

一朵照见南山的云

山中忽迷身所在

南山花落寂无声

笙箫　大暑

记

进入南山，彷佛是进入一阙永恒的音乐，这是永不重复又有着近似韵律的笙箫，是万物生长、流逝的诗意吟唱，无论从哪个方向进入，你都会听到这诗意的音乐。在南山漫步，自身也恍如这音乐的音符。

烈日当空，我选择簸箕顶树荫浓密的林中道路，但一过白云山，山脊上并无遮拦，烈日下的行走令人想起《水浒传》中黄泥岗上白胜的清唱。在城墙岭一侧，我看到朱凤山郁郁葱葱的树木，于是沿岔路走去，这是我第一次走上这条道路。

密林中道路交叉纵横，好在有几条外地驴友路标，沿着路标下到半山，是一圈突出的悬崖，看来这帮驴友利用了绳索等工具，攀岩而下。只好返回，回到山脊，另寻他路。选定了朱凤山南侧的山路，走了十几分钟，道路越来越窄，最后竟然通到了一片悬崖上，悬崖下是数百米深的山谷，心惊胆战攀过悬崖，终于到达了悬崖所在的山脊。山脊仅有一条连接下一个山峰的小路，两山之间的垭口，草木葱绿，令人观之心旷神怡。

几只巨大的蝴蝶在路旁徘徊，蝴蝶如丝绸柔滑的翅膀滑过透明的光线，这素笺的投影，诗中的生灵，是住山者绮丽的回忆，还是诗中镜像的重生？南山是我精神的镜像，灵魂的投影。在南山行走，总会看到想象之外的美妙意象，那是不可复制、不可重演的天地裂隙之显现，是瞬间通明的生命意义之觉悟。

草木溪涧，蝴蝶、林中的光影构成了此刻南山多声部、共时性的音乐交响，这是南山的韵律，山中万物虽以形显，却最终归于无形的韵律。身处时空的流转中，你无法看清自身的轨迹，天空的云雾，地上的诸象，宏大而精微，瞬间也是永恒，消散又重现，若在太空或者其他星辰，看到的地球，不也是一个阿莱夫？当你置身虚空，也就不再有过去与现在，消逝与永恒。往事与当下，均化为无声的韵律，无言的诗意。

南山是故乡还是他乡？独在异乡为异客，只有在异乡的怀想中，故乡才成其为故乡。异乡浮现的温暖消解了喧嚣与芜杂，画面纯粹，透明。忽然想起昨夜在湖畔的月光下行走，月光是芭蕾的语言，那透明的光影，是天地的韵律、时光的舞步。独立湖畔，只见一轮明月，旧梦荒寒。

与南山合影，我用手机记录自己身处南山的影像，此时我是一个自拍者，用照片记录自己，记录时光。拍者把自身的形象纳入南山、树影，这是一种虚拟。镜中的南山，镜中，那些燃烧的莲花，照亮池塘的火焰，忧伤的面容，隐藏了往日的烛火，昨夜，星光熹微，箫声寂寥，从城市到南山的道路，隐匿不见南山是一个人的秘境，是不可言说的存在，我叙述南山，也被南山所叙述。有时。你看到南山山神秘的真容。太阳透过雾气的光芒，仿佛隐藏着故乡回忆，但细究又似无所忆，这里是陌生之地，如果有回忆，那也许仅仅是南山与阳光的回忆，你是一个走近回忆的陌生人。

林中忧伤的凝眸，落满花瓣的山谷。这是连接着桃花源的道路，走出南山，果然看到葱郁的果园，土路无人，但这并非桃花源，一条高速公路横亘土路的上方，从桥洞穿过，可以感受到汽车驶过的震颤。我和高速路上的车辆在这一刻交叉，却处于不同的道路、不同的空间，我们隔着桥梁与车辆，彼此相遇却并不自知，然后各奔东西。

我在田野上行走，回望南山（此时已成北山），南山已化为脆薄的光影，一个洁净的村庄出现在我的眼前，黑龙峪到了。从黑龙峪乘车，这趟公交只有我一个乘客，我行走过的山脊就在车窗的左侧，此时，山群在夕阳中成为抽象的剪影。一个万象具备、音乐流动的剪影。

陶渊明种豆南山下，家园便在南山之下，南山是家园的庇护、守望者。南山滋养了家园，它是可居可游的真实存在。对于山外的行路者而言，南山又是恍若虚无的秘境，在山下凝望南山，只能看到南山的轮廓，你无法在这轮廓中体会南山容有万物的宏大存在。南山也是一个时光的容纳、创造之地，南山、北山、西山、东山，是一座山峰的共时性存在，只是缘于观者位置的不同而已，一座山也是终极之地，是永恒的故乡。

如今我们在印刷品中体味陶渊明的南山，李商隐的锦瑟，莫奈的花园，这是原作的映像，它们指向原作，却永远无法抵达，消解与原作的距离。南山的道路通向原作的故乡，语言的原初，所以语言的返乡，正存在于南山的道路。走近南山，正是走近灵魂的故乡，那些樵夫、隐者，书生，皆是你前世的影子，他们在南山聚集，使南山成为自由、无限时光的凝结之处，终极的故土。

灵的花园

只有在南山，一个诗人才可以作为时光的创造者而存在，在城中，我们都是时光的奴隶。

陶渊明从消耗时光的世俗秩序走向南山，走近南山永恒的音乐，那些被锁闭的时光，高墙中的伤逝，在南山摆脱了桎梏。

你无法脱离万物、脱离这内在的音乐去表达南山，南山虽然有形，却不仅仅是视觉中的形体，而是将无形的音乐、万物的声息、时光的积淀寄寓于有形，形神浑然，才是南山之真境。若只见形体，则神魂涣散，只是镜花水月，不见南山。在色彩的流动中，我听到山水的音乐，一个巨大的琵琶，隐含着山水之清音，指向山水之真境。

诗

南山隐藏着花开
也隐藏着落花的秘密
那些林中道路
总是在花树间交叉　分离
它们通向村庄　也通向村庄的废墟

南山居于心灵之南
采菊东篱
菊是开遍南山的草木
我在济水之南
读到南山之诗

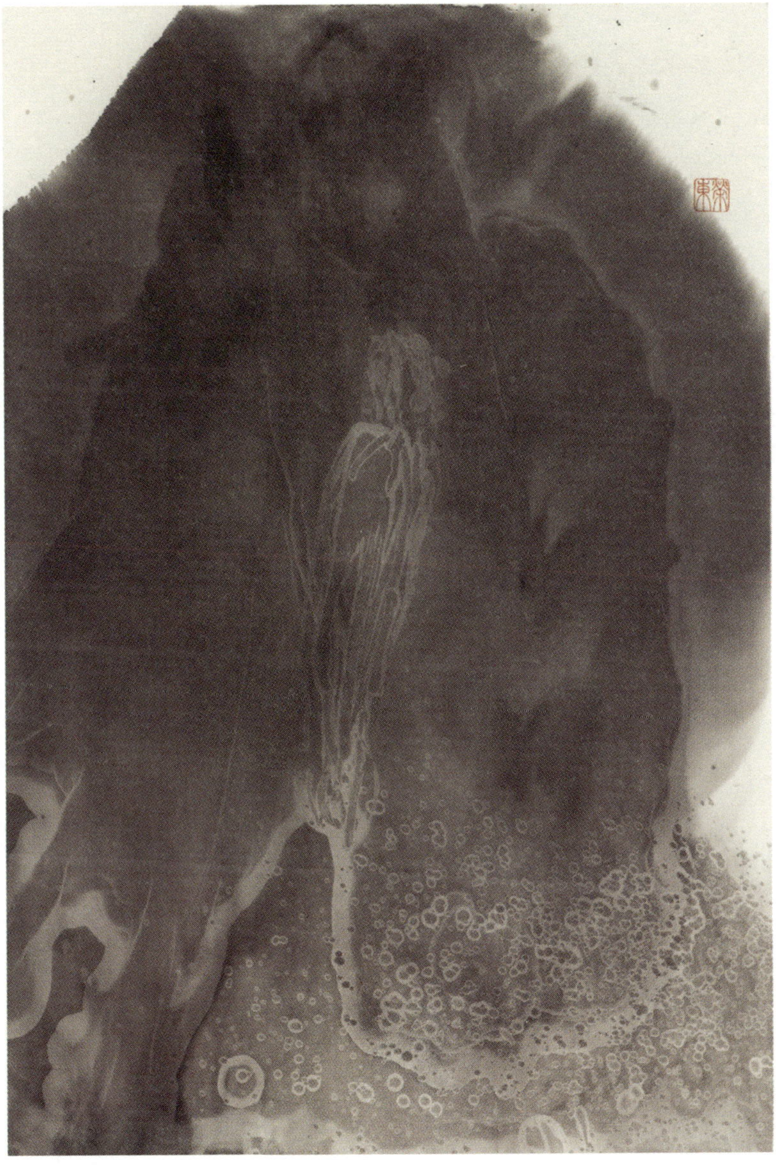

落花飘零是我心

济水已成遗迹
只有长安的诗韵依然
南山是否也已荒芜
返乡
已不见故乡的道路
不见陶翁与东篱

我听到长安的琵琶
响彻天地
是谁在这样的夜晚　吟唱南山之诗
是谁　在南山的茅蓬酌酒
听一夜雨声
送来南山花开的消息

（2015 年 7 月 23 日大暑）

画

万物生南山

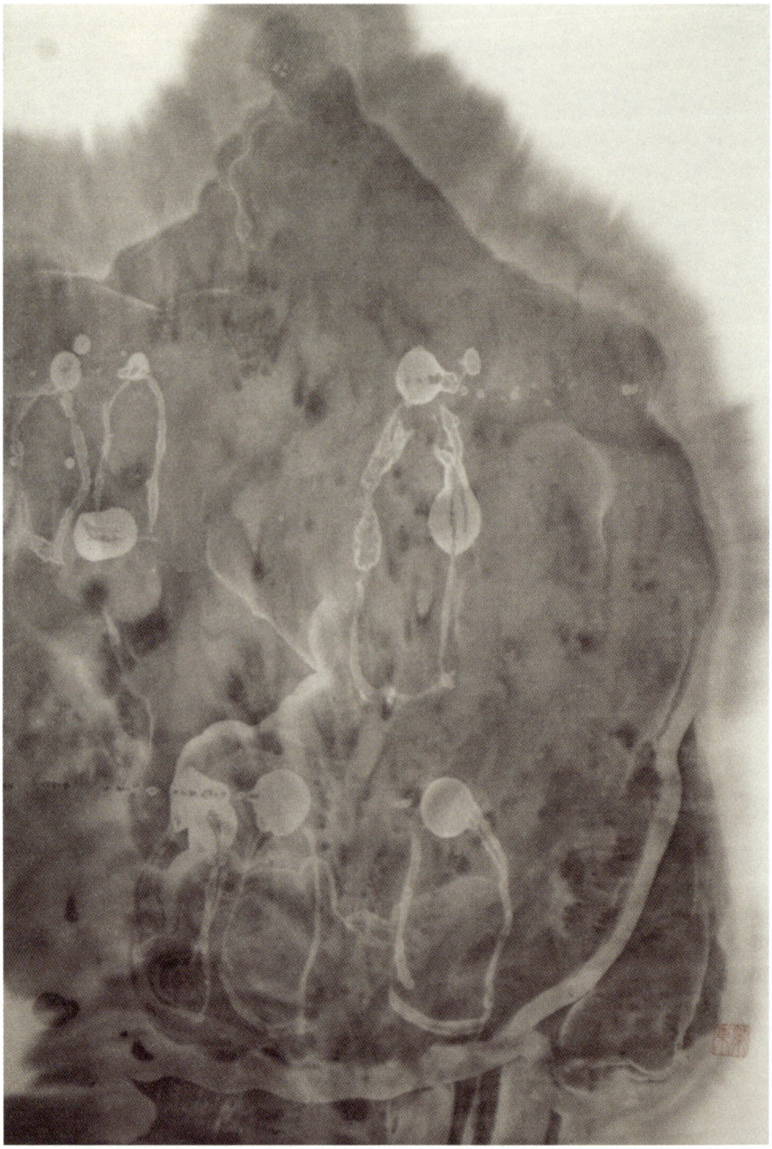

归隐便是觉醒处

流 年　立秋

记

家乡在南山之东南，登上南山的峰顶，向东南遥望，只见一片空茫。当我行走于南山，家乡的山群时常在脑海浮现。

在返回家乡的长途车上，车载电视放着韩剧，这陌生的语言，相邻的乡人，与瞬间流逝的窗外图景构成了一个复杂的旅程。同车的旅行譬如人生的相遇，有的沉浸于韩剧的情节，有的在与异境的存在者聊天，有的沉浸于往事，寂静的南山无言，大家终究各行其路。我看到蜿蜒的道路通向南山，我此时不是行路者，我藉想象进入南山。

进入南山的道路，是返乡的道路，在这样的道路上，被规则出卖的灵魂在南山得到救赎。黄昏，在故乡的山群间行走，一弯明月照亮了群山，路的转弯处，有一棵孤独的枯树，如同语言的原型。隐于山谷的陌生村庄，似乎隐藏着行路者生命的往事，往事惟在黄昏浮现，在明月的沐浴中越来越清晰，那红灯笼亮起的瞬间，篱笆、酒香、背影，倏忽就回到了唐宋的诗句。我是这故乡大地上的陌生人，每一次从城市到山林，都是返乡的路程，我久已失去了故乡，所以永在寻找故乡的道路中。

古松新韵

童年时，我常到村子的南岭游荡，在南岭上，可以清晰地看到北山重重的脉络，村中经常流传着北山遇到狼的故事，这种故事将我彻底锁闭于北山之外。那时的父亲还年轻，他偶尔会到北山砍柴，掀螃蟹，早晨出发，夜里才能回来，如今他的坟墓就位于南岭，他的灵魂，日日面对北山，想必也是一种安慰吧！童年时离开家乡，到了遥远的北大荒，在漫长的旅途中，我迷失了方向，童年时的北山，在成年的经验中，完全是南山的印象。到了北大荒，从家向北，依然是连绵不绝的群山，从乡村到农场，此间的寄居者，往往选择山之阳。

只有在远行时，北山就变成了南山，返乡的道路，通向山之南。父亲最爱陶翁的诗，也最喜悠然见南山的意象，只是一生几乎从未离开南山。在人生的重负中，南山，抑或北山，是生命的劳顿之所，所以虽然南山常见，却很难抵达悠然。

那一天，翻越几座山峰，我来到了北山深处。深山中，开放着奇异的野花，采回室内，花香四溢，空山无人，这是诸神的后花园，是精灵的栖居之地。终南山，陶翁诗中的南山，与返乡者，回家的南山，在此处汇聚、交叠。走过济水沿岸的大小山川，我灵魂的故土依然虚幻而遥远，我深感语言的建构之力，也深感语言的暴力、虚妄。在苦闷的日子里，我开始建构自己的绘画语言。这是一种陌生的语言，神秘，新奇，通向一个幽暗的世界。我已经厌倦了那些程式的语言和语言的程式，我想卸去负累，回归南山。从异乡远望，故乡的北山，正是我视线中的南山。

一个行路者，终究要破解语言与自身，他乡与故乡，南山与家园的关系，在深山采来花枝的缕缕清香中，我反复读着陶渊明的诗，从浔阳到建康，从长安到终南，是一个远行者应有的心理距离。在城市的雾霾中，我感到呼吸的艰难与生命的压抑，那天光清新的南山，就在那里等你，故乡村落中的一扇门，正为你虚掩。

只有那些穿越千山万壑的行路者，进入长安的万丈红尘，从森严的秩序返乡时，方见南山之悠然。走出北山的千岩万壑，对于乡居者而言，长安是一个神秘、威严的世界。与乡间的秩序不同，乡间的秩序是自然秩序的延伸，而长安的秩序，全然无视自然的日月之旅。去南山寻访，与返回故乡的家园乡居，是我在冬日淡淡的花香中看到的明晰道路。在这样的道路中，我或可摆脱语言的枷锁，卸去人生的桎梏，重返桃花源。

我无法进入南山的原初，而只能进入南山的诗句与图像，进入南山之言说。那些由诗文、绘画刻画的南山的肖像，构成了我

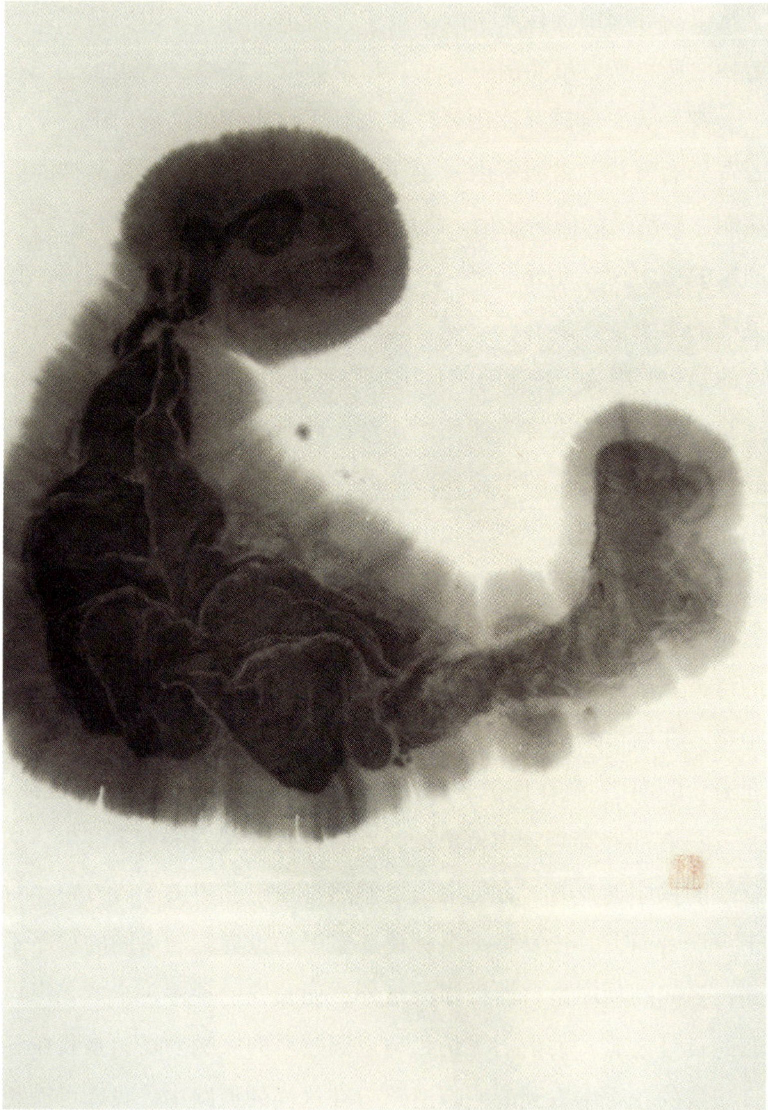

南山初境

基本的南山之经验。这不是真实的南山，正如由照片构成的一个人的历程，那只是虚拟的幻境。一个沉溺于图像的存在者，它实际被图像所囚禁。城中的生活多是红尘幻像，唯有南山之诗意，可以拯救这镜花水月的流逝，使漂泊的灵魂回归家园。南山的一缕微光，照亮了黑暗的道路，映照出流年与无常。

在南山，每一株草木、每块顽石、每条溪流，都通向不同的时空、不同的宇宙。那些充满未知、神秘、流动的画面，不是南山的表象，而是多宇宙、超时空的真相，这是南山的生命方式。

我遇到的北山抑或南山，并非我心灵的外在之物，北山或南山的道径，便是灵魂体验的道路。那是行路者自身生命的拟像，天光云影，草木流泉，正是灵魂深处的交响，终极故土的天籁。因此进山的道路，不仅是新路的探索，也是回溯与返乡。在南山的路上，心灵中的万物都从人工的役使回归自由的生息，这是万物的返乡。当一个行路者打破囚笼，回归自由，则道路中所见，皆是南山。

离开文字语言，也就是离开世俗逻辑与固化观念，这也是我的返乡，脱离程式的绘画语言完全是非逻辑的潜意识之流露用只占智慧 5% 的意识写作，远不如走入占智慧 95% 的潜意识。潜意识也是我的南山，我灵魂的故乡。我在南山的道路中寻找梦境的入口，那摆脱了意识枷锁的梦境，那脱离了结果与宿命的梦境，解放了被程式禁锢的物象，重归自由的、不可言说的诗意存在。

家乡的北山，建了一个小型的动物园，园中的老虎经常在月明之夜发出长啸。这夜晚孤寂的虎啸，进入我的梦境。那远行路上的梦境，弥漫着松风，那是冬雪覆盖的灵境。我在梦境中在南山的雪后留下第一行脚印，此时的南山，是我一个人的南山。

诗

在南山之北
见南山一片虚渺
浑沌初开
这蓦然显现的道路
通向花园的秘境　通向家园
你已经在道路的迷宫中厌倦

是到南山的时候了
那逐渐明澈的光芒
照亮了群山
也照亮了家园
一道篱笆
是家园与南山的界限

你在南山与家园
异乡与故土的边缘
陟彼南山　归我南山
与南山对酌　往事如烟
驿路西桥
依然是千古的一声长叹

在家乡的月夜行路
夜鸟的呓语　穿透了南山的晦暗

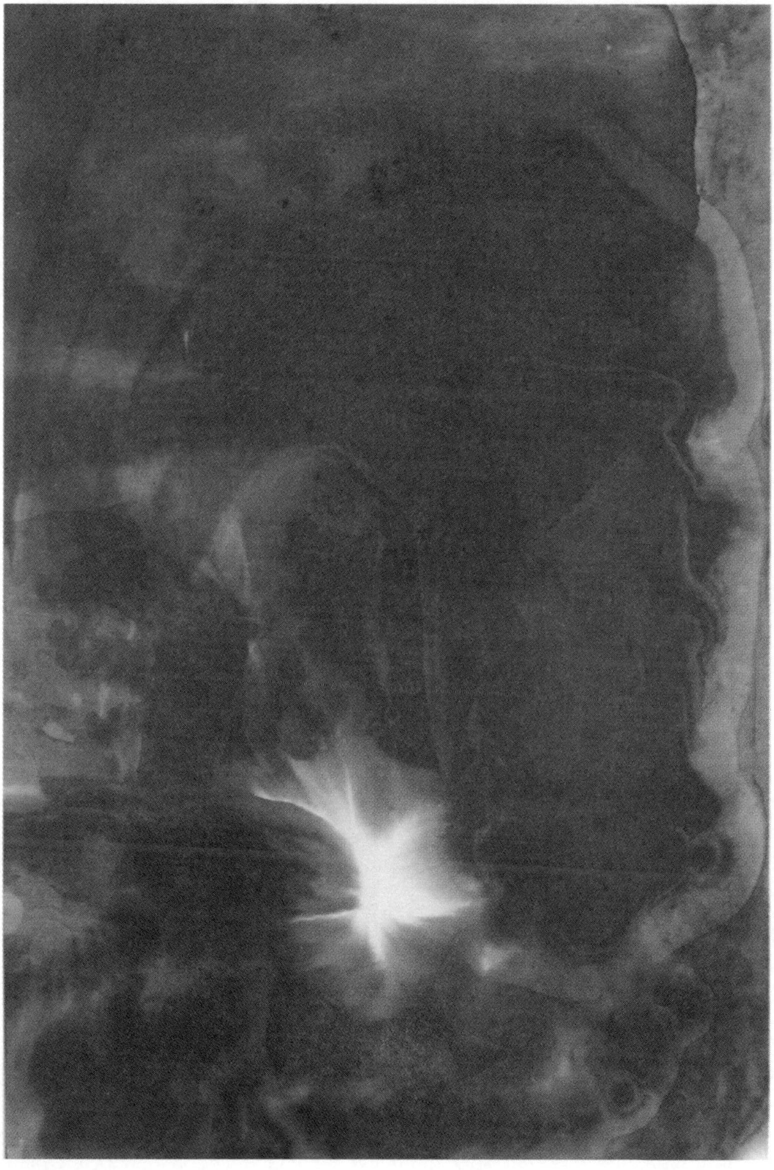

南山的灵光

月上东山　在南山与东山之间
月光是万物初生的语言
我只是一个疲惫的行路者
在故乡想象着故乡的味道
虚构着南山的家园

只有在夜晚
那被夜色遮蔽的南山
才能容纳故乡　容纳家园
一轮明月　挂于南山之上
万物显现　这是重构
也是万物新生的语言

（2015 年 8 月 8 日立秋）

画

回望南山一片云

南山清寂图

原 型　处暑

画

从大的地质结构而言，泰山是我行走的南山之母，从南山向南，层层叠叠的山脉，是泰山向北的铺陈，泰山的水滋养了泉城，我在泉边生活，也能被南山的水洗清心灵。在南山行走数月，我第一次走向泰山，这是南山之行的必由之路。

我以为，泰山的前山是人工之境，后山方是真正的南山。然而，漫天的云层颠覆了我的意念。从天街远望，云层遮盖了城市，卷舒的云朵一直堆积到天际澄明的湛蓝处。而湛蓝之上，云朵变幻不定，俯视云层，真有羽化之感。

穿过熙攘的山脊，走过那些香客和留影者，在后山行走 20 分钟，倏忽就进入一片清凉之境。松林、白石，瀑布巨大的轰鸣传来，这巨大的响声反而令人清心。清凉的泉水漫过岩石、石阶，它们一路向北，涌向我的家园。如天地间纪念碑的天烛峰，在漫天白云间雄峙一方，瀑布、溪涧曲折环绕，令人睹之惊心。

过了天烛峰，只见一朵巨大的白云，如山峰绽放的莲花，发出五色的佛光。这佛光令我震撼不已，我把它看作是南山的神谕。

泰山云

直到我离开后山，从车窗依然看到这散发着佛光的莲花开放在天际。

回城饮酒解渴，当我听到结着冰霜的酒瓶碰撞发出的清脆声音，心境倏忽就到了凉爽的秋境。炎热的初秋，再这样结着冰霜的声音中，变得幽深、清脆。我甚至想到，当大雪封闭了南山，那些去南山砍柴的樵夫，看到树木的年轮，入夜，他在温暖炉火中看到南山的轮回，看到南山的秘境。

如今，南山已成为城市之间的孤岛，这些漂浮在光影中的孤岛，被城市与道路锁闭，这也似极了每个行路者的灵魂境遇。何处是南山，这线条、色彩构成的律动，是南山，也是我静夜中的心灵。我在纸上描绘这漂浮在彩墨光影中的孤岛，笔墨本身就是蕴含了舞台、动作、姿势、套路、程式为核心的表达，将无限的世界纳入有限的牢笼，但消解了程式的笔墨，不再为物象之形所累，笔墨仍有，但不再是构筑形象的工具，而是指向那无形无象的虚空。万物在这本质的虚空中轮回，我们常在无意中就看到草木的一生。我不再追寻无常的花开花落、风晴雨雪，而是专注于这轮回的韵律，是万物显现与隐匿的音乐。

那些宏大的题材终属虚妄，一个历史图像的招魂者，可以唤起历史所浸润、塑造群体的普遍共鸣与敬畏。而这种敬畏往往来自历史文化本身，却非艺术本身的觉悟、本身的力量。如此，南山虽身处宏大的叙事之外，却又是原初的语言，本质的言说，灵魂的终境。你在南山看到的幻影，正是自身的影子。进入南山，实际是进入灵魂的故土，是与往日的告别。

南山那些岩石中隐藏的图案，随时光剥蚀，它们一层层揭示，我无数次走进南山，也是不断阅读这神秘天书的过程。当你从楼群走出，带着装备，手持手机，在山中以 GPS 定位，用网络与外界联系，说回归山水传统，正如美国的罗伯特到河南汤阴交流岳家枪。

南山是一个精神性的存在，它因此摆脱物质边界的束缚，进入永恒。在月色中下山，听到南山虫鸣的音乐，这是返乡的琴瑟，是语言的回返，也是生命的接近，亦是迷雾中的光明，迷径中的觉悟。情缘、江湖、尘嚣、侠客，都只是往事，南山是回忆之地，这里不会再有新的剧情，即便有新的发现，也是往事在新的视野中的呈现，南山的创造，是往事的整合与创造。

那些相遇与伤逝、回忆与凝眸，从文字中建构，终究又会消失于文字，我们自身的存在也是虚拟。而唯有南山的幽径中，我们脱离虚拟，在无言的沉醉中，获得时光与生命的一刻真实。暗夜的虫鸣中，忽然忆起不久前离世的于承惠先生，先生长髯飘飘，恍然已归于南山。作为一个塑造了风清扬、张三丰、黄药师、黄河大侠的武术家，他不仅来自当下的时空，也来自大师隐现山林的碧海青天。许多次与于老饮酒，酒至深处，面对长髯飘飘的他，真恍惚回到了唐宋的草庐，千杯不醉，但酒中仿佛隐藏着远山的霞光，萦绕着深山樵夫的夜歌。

泰山天烛峰

如今他已经在另一重时空、另一重世界，但我总感觉先生并未远去，他回归到虚渺的精神家园。他创造的那些形象，那些温暖的画面，依然在我们的世界隐现，肉体终归尘土，而只有精神的创造，才能穿越幻象，抵达永恒。在幽暗的林中道路，在村舍温暖的灯火，在红灯笼照亮院落的夜宴，他在南山饮酒，墙上的蓑衣、长剑已经尘封，他长髯飘动，笑容温暖。南山是他的归宿，也是他语言的原初。

我铺开一张纸，将诸象从逻辑的线条打乱，重归自由的梦境，那被画面限定的时间，被形象禁锢的空间，重归开放与无限。在我们可见的维度之上，一定存在更高的维度，我们或许仅是另一个真实世界的投影，故乡不在它处，或许就隐藏于南山神秘的星空。当我们在南山感受到山鬼的凝眸，看到天地的莲花，这不是幻象，而是另一维度偶然显现了一个裂隙，诗性的语言通向这个裂隙，通向裂隙后不可知的世界。面对满纸墨彩，我进入南山的道路隐匿其间，这是我的秘境，我原初的寂寞语言。

诗

只有在南山的路上
尘封的往事才恍如昨日
这原初之地
是远行的起点
也是返乡的归宿

这些交叉的道路
没有终点
所有的终点　都只是时光的馆驿
行路者进入南山
万物新生
万物脱离了语言的虚拟

凝望南山的隐士
一声叹息

南山手卷

便隐含了你一生的道路

总有秘境可以安居你的心事
这纯粹的山居
清洁　静谧　人迹罕至

当你在山阴行路
看到白色的莲花开放
你看不到路的尽头

这满山的草木
都是南山的诗句

你在诗句中看到自己的今生前世
今夜在山中
你与自己的前世对酌
山寺空寂
是谁剪断情思　在暗夜敲响一声木鱼
是谁在暗夜中擎一枝莲花
那隐秘的凝视
不知是今生　抑或前世的相遇

（2015年8月23日处暑）

画

一夜雨声满秋池

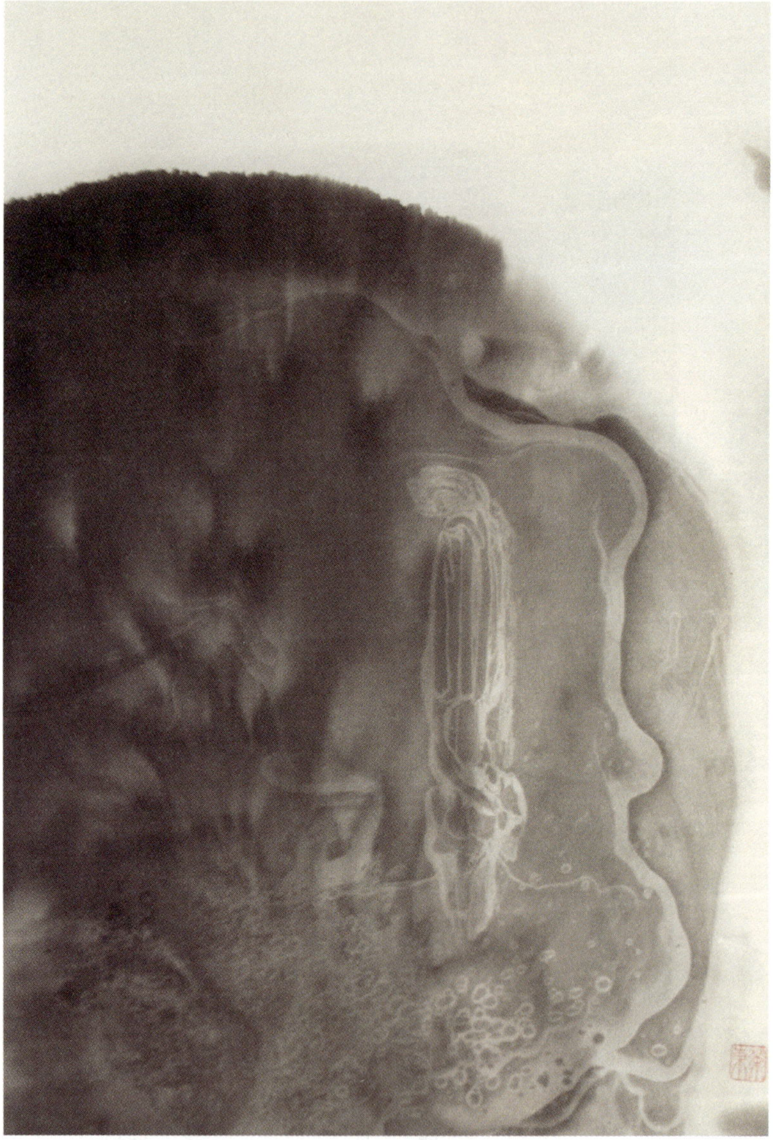

花落不见故人来

伊人　白露

记

白露时节，进入南山，自身便是一幅图画。刚刚走出村落，就听到满山虫鸣，土路的草丛中露珠未干，这响彻天地的虫鸣，是南山的管弦。泉水潺潺，流过明代已有的石板路，丛生的金色狗尾草，令人有秋水伊人的怀想。

空山无人，伊人未曾隐居南山，我的手机铃声依然是乔维怡的《南山忆》，那缠绵悱恻的韵致，使清寂的南山瞬间变得清甜。如泉畔野草莓的味道，歌声唤起了昨日灿烂的烟火，对岸的伊人。南山终究还是男人的世界，那些厌倦尘嚣、阅尽繁华的老者，在南山静思，也在南山追忆——只有在追忆中，才有伊人温暖的笑容，也有伊人不见的伤逝。

歌者在毋须追忆的年龄，吟唱着古典的深情，吟唱着自身从未抵达的南山。这虚拟的情境中，那些古典的意象并未消失，它们隐迹南山。伫立的伊人也隐身南山，那明澈的清泉，便是她秋水盈盈的凝眸。

秋草微黄，我登上山峰，除了风声与虫鸣，我只听到自己的脚步声。步入林中，秋光穿透了枝叶，洒落周身，这是白露的秋光，这是沐浴伊人的秋光，天地澄澈。秋光流动的韵律，整合了林中的万物，滤去了芜杂与喧嚣。

林中的蘑菇开始长大，星星点点，如群星洒落苍穹，令幽暗的林中显现光明。草木的香气在山谷中弥漫，我采了一束秋草，插在背包中，那香气便萦绕了周身。回到家中，把秋草插在瓶中，置于案头，秋光蔓延到了家中。秋光映照的，是一个正在形成的诗意的世界。

入夜，我在宣纸上刻画伊人的影子，那浪漫的水墨的交响，澄明、清新，如同幽林中，惊艳的花朵倏忽显现，瞬间天地皆明。墨的水痕，如林中的枝条、卷舒的云朵、伊人的舞姿。规划、设计的文字、图式结构消失了，一切都开始回归自由、真挚。精神暗渊中的那一线烛火被点燃，理想之境被照亮，这不是被社会规范、塑造出来的理想之境，那个“我”开始隐匿，真挚的自我在隐匿中觉醒，走向幽微、寂静的南山深处。

观历代山水，唯五代、宋人有灵魂终极的拯救意味，静穆深沉，令人敬畏，后人虽有其形，却多琐碎绵软，灵韵消减。不回到山水的原初之境，以自身灵魂之力建构，则永在山水真境之外。在那些墨与彩的抽象结构中，点画如枯荷满塘，沧桑深沉，无序，又有生命的无声歌吟，这是一个万物交响的世界，如菡萏初开，飞花飘零，山花满蹊，飞鸟归林，时而又如天地生命的抒情独奏。停步回望，又见万物之影，归于一心。

在南山仰望星空，南山与星空，都是空灵的家园，原初的故乡。笔墨线条是此间万物的韵律，一块石、一株草，都是线条曲折延伸、闭合的存在。我在宣纸上屡次描绘那神秘的、可望而不

秋水漫山路

可即的秋水伊人，这是灵性世界的一个窗口，是通向桃源仙境的一道裂隙。伊人之影，是幽暗南山的一脉秋光，照亮了行路者的视野，这变幻不定，若有若无的秋光，是寂寞的天地之诗。

记忆在宣纸上复苏，那想象中的美好存在被召唤、凝聚，这是伊人的凝视，是山鬼，是花仙，也是旅途中温暖的笑容，是虚拟，也是真实。如我最初在诗中体味到语言、天地之美的时刻，世界重归充满理想、激情的时代，我从诗中所启迪的新世界，在此时又被召唤、建构。我通过诗歌建立的语言，在世俗工具的控制中迷失了那个诗意的世界，如今在南山，又显现了通向这个神秘世界的道路。

秋水伊人的意象脱离了既有观念的控制，重归纯净、自然的诗意，这非僧非道、非隐非儒的神秘存在，是存在也是虚无，她属于无限的诗意世界。

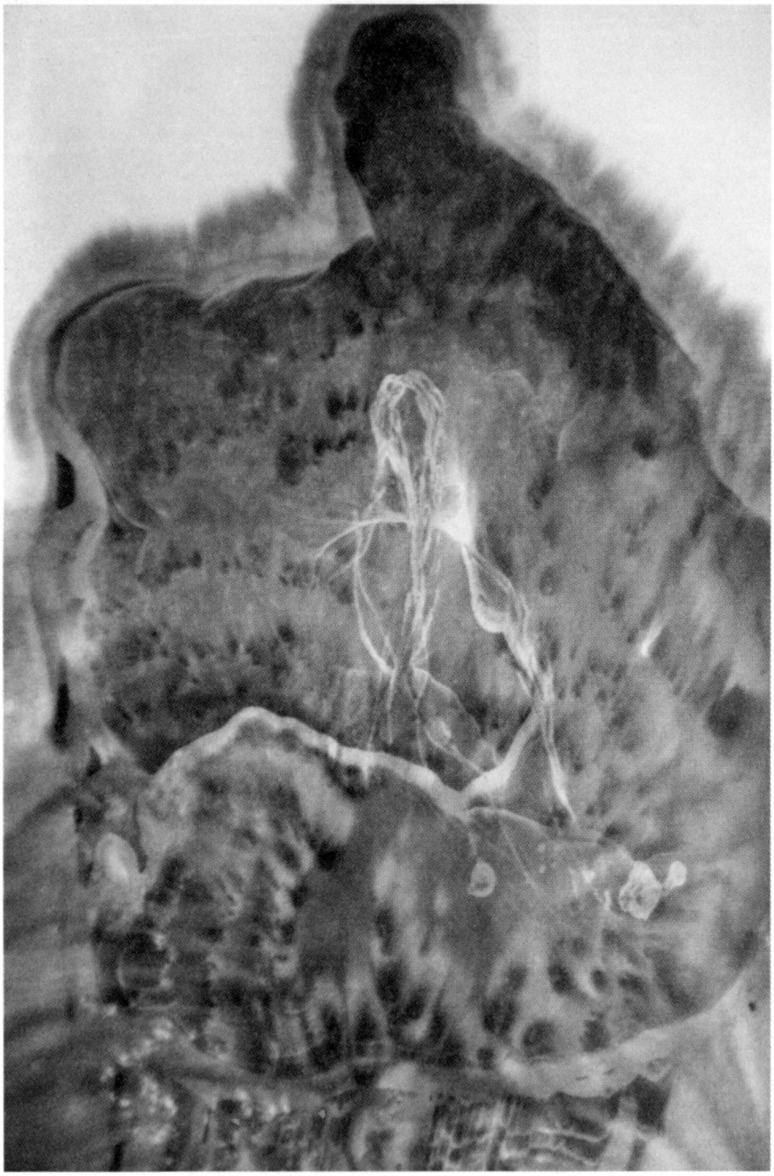

伊人等待的黄昏

我开始从语言的暴力牢笼中解脱，一朵花不再仅仅是物理的花，也是语言的花、表达的花、创造的花。当画面重归隐秘，逃离了世俗词语的指涉，在一片蒙昧又万物生长、创造万物的世界，一朵花也脱离了工具的牢笼，这是真挚的、自由的、未被误读的花。语言不再指向语言，而是指向无言之处，那深沉、诗意的无言之处，一切还未被命名，一切还有待创造。雨声中的回忆，秋水间莫名的情感，无法归结为语言，但唯藉语言，可以留下诗意的雪泥鸿爪之迹。

一朵花实为多义的世界，在万千映像的折射、交叠中，有万千花朵的显现，这是点缀的花、心灵的花、喜悦的花、哀愁的花、开放的花、飘零的花，这是无数个平行、交叉的世界。这些世界彼此相闻，彼此交叉、分离，又彼此不见。花朵最终当然会积淀为语言的花朵，正如水墨间自由的点、线的舞蹈，最终会闭合于一方宣纸。

这里语言对花朵的表达，终究是一个美的新世界的发现与建立，它不是通向旧的、充满禁锢的世俗世界，而是新的无言的诗性世界。一个人进入南山，就是从喧嚣的充满言说之场离开，进入寂寞无言、水流花开、生生不息之场。当你在阴影中既久，也就成为阴影的构成，在南山既久，也就渐渐与山水精神同构。一个南山的表达者，语言不为取悦他者，他只取悦自己本真的灵魂。

只有进入山林的道路，一切才真正开始，鸟儿的鸣啭、明澈的秋光、草木的幽香，在这里回望城市，那是一个迷幻的镜域。在这恍若迷宫的镜域中，人人都在迷乱的镜像中寻觅自己，你只是一个名字、一种指涉、一个符号、一种角色。只有在自由的山林中，灵魂与肉体重新归一，你不再漂泊，不再迷失。那些童年

南山秋草

的回忆，村头的溪流，回家的道路，重归真实。在多数时间，你思念故乡，追忆童年，思念的不是故乡与童年自身，而是追慕那种灵魂与肉体交融的充实与幸福感。

在白露这个诗意的节气，我进入南山，进入秋水伊人的世界。在这里你没有可拥有之物，你与万物是诗意的距离，正如一本书、一首诗、一幅画，你无法占有，它们只是通向灵境的一条道路。

诗

蒹葭苍苍
伊人在水之湄
如今伊人不见
只余空寂的河水

向南山举杯
在一间乡村酒馆
你看到离乡的游子
为往事伤悲

南山之南
星光熹微
伊人凝眸如水
眉目如画
那一弯湖水
令人沉醉

南山何有
有条有梅
如今万山空寂
伊人不在
只余南山的一抹清辉
在水之湄

只有孤寂而忧伤的芦苇

除了南山
没人能打开你锁闭的心扉
今夜　南山是心灵唯一的抚慰
山寺已经荒废
但你分明看到独坐的山僧
面对群山　无言
这深沉的静默　一默如雷

（2015 年 9 月 8 日白露）

画

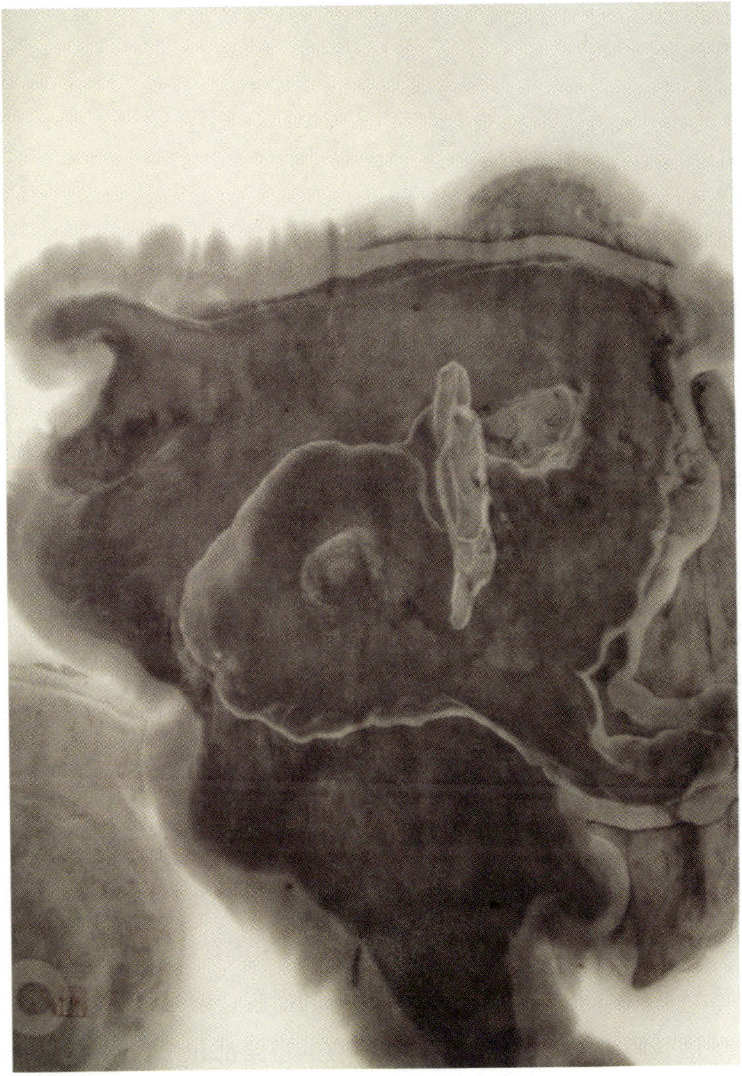

伊人独看后山花

夜山　秋分

记

沿着村中的石板路，绕到了村后，这是另一条进山的道路。这条路显然人迹罕至，狭窄陡峭的山路上，时而被枯枝和岩石挡住去路。攀援而上，我抵达了第一个山峰，从这里可以清晰地看到往日登山的道路，此时我站在自己过去遥望的地方，这是全新的视野，是进入镜中的凝视。当你进入自己往日凝望的山群，你进入群山的画面，如同《聊斋志异》中的书生进入画壁，镜中的乾坤被瞬间打开。

在往日的视野中，这里不过是一座长满杂草的山峰而已，深入其中，但见万物俱备，正是一个自足的世界。翻过两座山峰，重回往日的旧路，回望方才的站立处，依然一片嵯峨。今天我决定深入山林，在往日走过的道路旁，草木彷佛是连绵不绝的复制。但这只是彷佛而已，每棵树都有相似的面貌，但又绝不相同。

这些尚未成为景区的山林，所有的道路都非规划使然，而是在行路者的脚步中形成。林中的道路渐渐变得模糊，很多道路的痕迹消失在草丛中，树木上也不见了驴友标志的红布条。终于道

秋山寂

路断绝，在一条巨大的沟壑前，我只能回返。但来路也已经隐匿于前方，只能向着峰顶攀登，峰顶会有巡山人沿山脊走出的小路。爬上一段二十多米的悬崖，终于看到了温暖的红布条。

这段探险令已经过于熟悉的道路重归了神秘。当我数十次进入南山的幽径，最初那种发现的欣喜，被不断重温的图像所代替，但总有歧路引导我进入山林的秘境，这秘境的显现令南山充满诗意。

重回主峰，暮霭已经笼罩了群山，残阳如血，这恍如前世的情境，连接着唐宋的余韵。久久在山顶徘徊，感觉灵魂也被这本质的画面洗清，直至霞光散尽，才沿狭窄陡峭的山路下山。山脚下的果园中有几座坟墓，听着自己孤独的脚步，这魂灵居住之地令人不安。忽然有管弦之声响起，令我蓦然惊出一身冷汗，循声找去，音乐却来自自身，是我的手机在响，这是《南山忆》的前奏。我不接电话，听着明澈的歌声在暗夜弥漫，在南山脚下，这唯美的歌声令人心醉。

村内灯火温暖，夜色隐去了南山，又以新的方式重构、创造，向南山遥望，只见一片虚无，但这虚无中又显现出南山的万物，这是一种创造。往事也在南山被唤起、重构、创造，那梦中的甜蜜、温婉的笑容，以往事的形式出现，也是全新的陌生呈现，彷佛前世的回忆。在南山浮现的往事，如同那些创造《格萨尔王传》的包仲、仲肯，在一夜之间走近神秘的诗句，那些绵延不绝的陌生诗句，隐藏着前世。

诗性语言抵达的，不是日间南山的万物，而是夜色笼罩万物，被唤起、重构、创造的万物。夜隐南山，也重构、创造了南山，诗画之笔，隐含于这创造的过程。我在纸上记录着南山的语言，这些记录并不是行走山林的笔记，而是走入虚无夜山与日间山林之间的交界，是真实与虚无间神秘的裂隙。

在这样的交替中，心灵的迷障也渐渐消失，那些刻意的设计、重重的机心，在此无可依存。这里只能容纳日间的清风、鸟鸣，夜晚深沉的往事，那深邃而漫长的寂静。一只笼中鸟，与山中的鸟儿有多远的距离？它们貌似有着相同的语言，却是全然不同的精神境遇。山中的鸟儿脱离了人工的豢养，在天地的自由意志中生长、飞翔、歌唱。在山中自在漫游的我终究会回到城市的笼中，但这并不能压抑我对自由精神的追索，我苍白的吟咏、拘谨的表达，偶尔也会豁然开朗，融入那明澈、永恒的天地之光。

当我的影子映入南山

我的精神中，始终隐藏着一个万木花开、水静天清的世界。一条道路、一声鸟鸣、一片山林，在创造为诗意的图式后，并未失去那明澈的笼罩与浸润，世俗的记录者记录南山的形貌，诗意的记录者指向那万物同心的迷失、融汇。当你置身一条道路、一声鸟鸣、一片山林，是你与山林彼此融合的瞬间，这是相遇，也是诗意的烛照。艺术图式指向这交融的情境，迷醉的瞬间，指向那如归故乡的召唤。

南山的道路，自身便是行路者与山林交融的结果，每个行路者都参与了道路的形成与重构，这个创造的过程并无止歇。而山外规划的道路，行路者皆外在于道路，所有的行走皆是对道路的损耗与解构。返乡的道路，只在南山的幽径中。

王献之说："从山阴道上行，山川自相映发，使人应接不暇。"这是万物的惊艳显现，在夜山行走，万物已然隐于虚无，它不是自行的显现，而是心灵的体悟与烛照，夜山行走，是更为诗意的探索与创造。黄宾虹在夜行山中体会到墨色中的心光，混沌中的光明，南山中的夜山，也是心光照亮的南山，诗意的南山，创造的南山。唯在无物象处，生出诗意之物象，也唯在南山隐迹处，升起诗意的南山。

夜色遮蔽了山中的道路，灿烂的星空，寂寞的星空，呈现着天地秩序，消解世俗结构的星空，将消失的通向故乡的道路一一显现。那些忧伤的往事，幸福的往事，清灵的面容，老去的容颜，

南山之夜

在星空重现。当往事被诗意的唤起、重生，就已经脱离了流逝的时空情境，而进入诗意的永恒。这是时光创造、生发万物的永恒归宿，行路者终极的故土。

星空下的南山，脱离了世俗的秩序，它是一个静谧的终点，也是诗意的起点，一个包容了创造与流逝的归宿。当往事在南山显现，往事脱离了原有的秩序，脱离了纠缠，成为一首歌、一幅画、一首诗。

隐匿于深夜的南山，或可为故乡的别名。

诗

在雨夜想起故人
虫声是如此凄凉
夜色中的南山
暗隐秋光

那一夜风雨
是否吹落满山的忧伤
你在茅舍独坐
南山之南　便是故乡

微弱的烛光
将纸上的诗句照亮
这咫尺之地

将迷乱的往事收藏

古道西风
你看到南山的夕阳
往事是一滴水映出的世界
是水中之月　镜中幻象
可最终只余这空寂的幻象

在语言中迷失的故乡
迷失在镜中
那虚幻而深沉的镜像

南山手卷

你无力逃离流逝的时光
这虚无而真实的镜中
那童年的莲花　依然绽放

月圆之夜
南山空寂
那一夜
在南山想起故人
你看到南山布满忧伤的月光

（2015 年 9 月 23 日秋分）

画

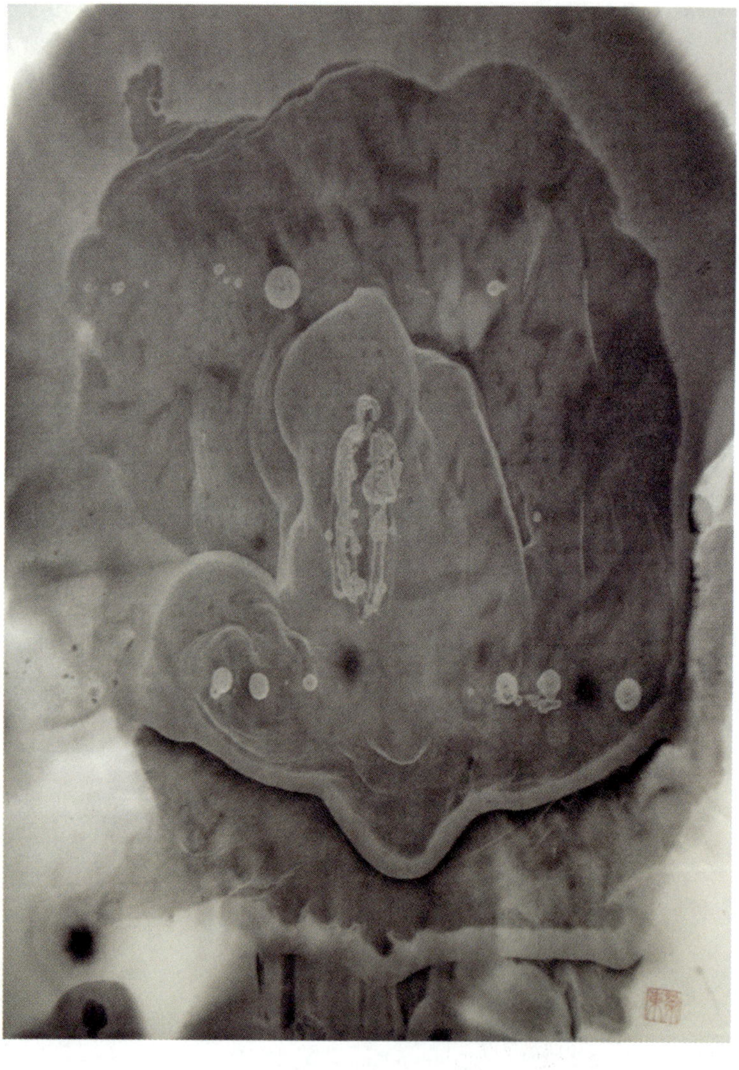

南山面壁图

南山野壑便是故乡

虚无 寒露

记

从花朵盛开的季节开始进入南山，如今南山已经草木萧索，万物即将回到归宿，进入新的轮回。那些灿烂的花朵、飞舞的蜂蝶，如今已成虚无。

梦境也是虚无之地，昨夜梦境中看到南山开满山花，在秋夜进入南山的春天，这意味着什么呢？若以《周公解梦》而论，必然是指向日间的吉凶，释梦者以自身有限的认知诠释无限的梦境，以现实的经验臆断虚无的梦境，我日常从事的艺术研究，恰如《周公解梦》之侪。

诗意的漫游者创造、发现那些自由的梦境，这是通向南山虚无之地的梦境。脱离了《周公解梦》的束缚，梦境不再是现实生活的折射或启示，而是一个更具诗意、脱离时空禁锢的自由世界，那些被释梦纠缠者，不再是梦的创造、探索者，而是梦境的工具与奴隶。绘画、诗歌指向的是那个无限的梦境，是诗意的虚无之地。

进入日间的南山，我的心思依然沉浸在昨夜的梦境，当这梦境与视野中的南山交融，眼前有限的山林，便进入无限的时空，

山居清秋

世俗的规则在此已经消解，所有的道路，都通向无限的秘境。回望城市，那只是一个牢笼，一座时光的废墟。我的梦境中寄居着鸟鸣、山林，南山的秘境，那些流逝的时光，在梦境中被重新创造，行走南山，你会看到故人的笑容。

在人工构筑的城市，遥望南山，南山的道路，远去的行者，都归于想象，远方本就意味着梦境与想象。南山的存在，亦由遥望与进入构成，走入南山，也是走入想象之境，遥望南山，自身也即南山道路的怀想。南山是一个诗性的多重结构，那是脆薄的初霜覆盖的梦境，是雨雾弥漫山林的低语，是游子远望的怀想，是伊人伫立的无言感伤，它明确，真实，又虚无、微茫、暧昧，是当下，也是过去与未来的交响。

只有诗意的语言可以通向南山，湖畔孤寂的箫声，纸上微茫的异境，指向南山，指向南山的虚无之境。被世俗规则环绕的南山，终究未被吞噬，你进入南山，便是进入南山与时代的裂隙，你在南山体会到南山的宁静，那也不是山林的宁静，而是你在裂隙间抵达了自身灵魂深处的寂静。南山在语言中显现，这是语言的南山、虚拟的南山、象征的南山。只有诗意的语言，才能创造出清凉的南山。诗是距离工具性最远的语言，这无功利的纯粹语言，以自身的洁净构筑了纯粹、自在的南山。

南山隐于诗性的语言，南山是烛中之影，是虚拟的家园，是往事凝结的秘境，也是仙踪隐约的灵境。

入夜，我在宣纸上铺陈色彩，一片迷离，而这自由的笔致，是黑夜与白天、现实与梦境、心灵与外物的交织，最终水光潋滟，回归一个纯净、诗意、不二的自由世界。诗意的无功利的语言终于回归，那些功利的打着诗意语言旗号的语言，只是世俗语言的别称，徒具形式，不再有精神的超越与引领，而沦为世俗的工具。回归南山，摹写南山，不是回归、摹写世俗的南山，而是回归、摹写纯粹的南山、诗性的南山。

一幅照片，记录了瞬间的光影，也记录下行路者的影像，但这无法记录彼时的记忆、想象，以及心灵的画面，它记录形象，却无法捕捉存在者的灵魂。而在一幅画中，每一笔触、每一色块，都是南山韵律的模拟。那些被囚禁于外形的万物，在此时进入舞蹈的狂欢。这是精神凝结的南山，那里面有你自身的故土，自身的道路和家园。

生命无常，南山永恒，南山隐藏了行路者原初的本心，天地

山寺秋光

的韵致，以有限的生命映照无限之南山，是行路者无法摆脱的宿命。行路者的家园终为故园，诗意的书写，隐含着幻灭与重生，异乡与归宿。诗意的文本亦属无限，它不会随生命的形体而消陨，永被解读、重构。一首南山诗、一幅南山图，超越了时空的禁锢，闪耀着永恒的光芒。

多年前的一个黄昏，望着金色的远山，蓦然感受到山那边的温暖，黑暗渐渐笼罩了山群，而山是背面，依然金光灿烂。山的另一面，是无限的想象之境，我凝视着山峦边缘的金色，彷佛故乡就在山的另一面隐藏，那些草庐、栈道，祖先的背影，侠士的江湖，给我孤寂的身影以慰藉。一座山便是界限，一面是寒冷的此在，另一面则是温暖灿烂的灵魂家园，时间不仅是风物的流转，且是灵魂的觉醒，生命的蜕变，山中一日，人间十年，不是风物之十年，而是另一场大梦的瞬间觉醒，是灵性的光芒照亮幽暗一隅的瞬间。此在的我，或者仅是另一重世界的梦境与投影，蓦然醒来，或在山林洞窟，或在异域秘境，我们只是以梦境的道路连接彼此不同的时空，不同的生命形式。

当你在自己创造的画境中迷失，你已经走出了时空的局限，进入无始无终、无限的诗意南山。亦如歌者在自己的歌声中迷醉，琴师流连于自己的琴声，这不是他者的阅读，而是全新的时空创造，在这样的空间中，依然是人间一日，山中十年。那一夜我在酒后阅读自己的语言，这对于他者不可索解的语言，宛如灵魂深处的南山，草木溪流，古道山涧，往事故人，伊人的笑脸，都在月光下突破混沌，它们被诗意笼罩，纤毫毕现。

入夜，我梦见幽蔽的山路，一座废弃的山寺，这精神的救赎之地已经荒芜，不见禅师的踪迹。这神秘、静寂、令人不安的废墟，我看到自己的背影，消失在路的尽头。当我在梦境中看到自己，这是幻影，还是与自己前世的相遇？一轮明月照彻天地，也照亮这废墟，这山寺的废墟，无言的废墟，隐喻着行路者不可言说的今生前世。

诗

一场夜雨
洗清梦中的草木
石中隐藏的书页

如灵

渐渐剥蚀
书页记录了山中万物
这是创造　也是流逝

当星光笼罩夜山
那些明晰的道路
隐入虚无
它们不再通向实有之地

存在或者虚无
虚无是存在的一种方式
虚无的南山
有诸神栖居

花仙的舞蹈
山鬼的凝眸
南山无语
你看到故人写下的梅花
开满山谷

夜山是深沉的虚无
这虚无之地
收藏了你一生的往事

（2015 年 10 月 8 日寒露）

画

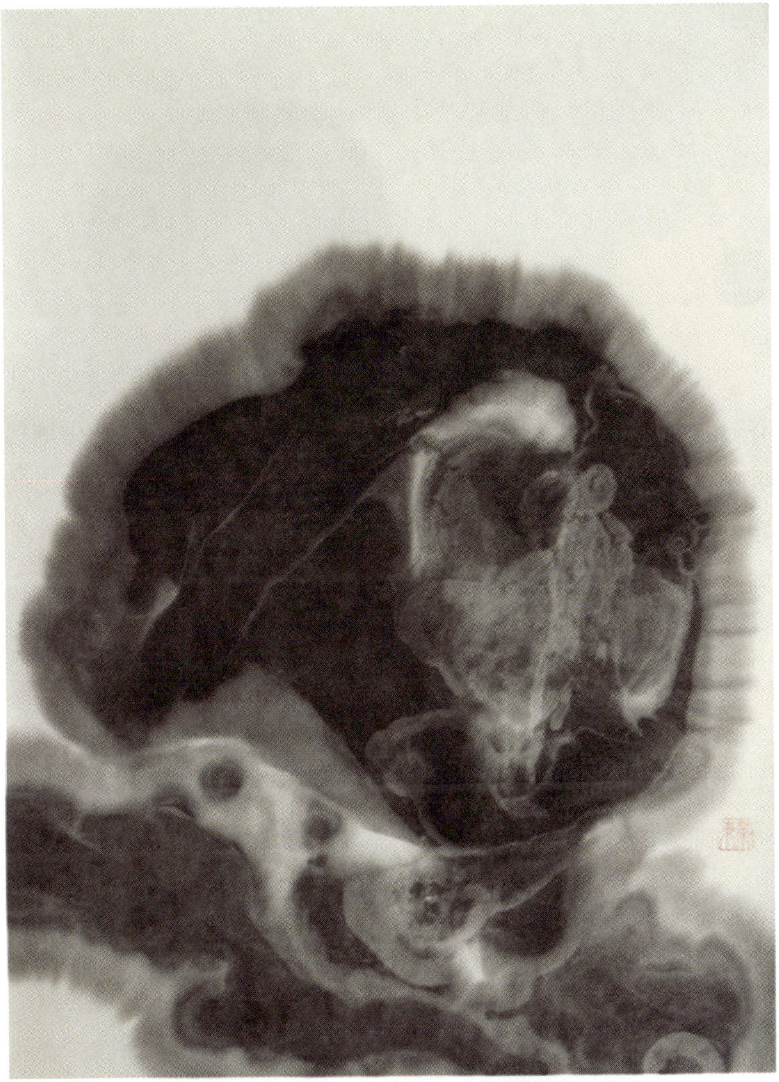

山鬼之舞

夜歌 霜降

画

秋色已深，再回南山的前夜，读歌德的《浪游者的夜歌》（钱春绮译），“群峰一片／沉寂，／树梢微风／敛迹。／林中栖鸟／缄默，／稍待你也／安息。”这深沉的诗句，将我带入南山的意境。这纯净的文字，有唐诗绝句般的隽永，萦绕着天地的韵律。同样一首诗，在不同的翻译者笔下，却有全然不同的效果：

郭沫若：一切的山之顶，／沉静，／一切的树梢，／全不见／些儿风影；／小鸟们在林中无声。／少时顷，你快／快也安静。

宗白华：一切的山峰上，／是寂静，／一切的树梢中，／感不到／些微的风，／森林中众鸟无音，／等着吧，你不久，／也将得到安宁。

梁宗岱：一切的峰顶，／无声，／一切的树尖，／全不见／丝儿风影。／小鸟儿在林间梦深。／少待呵，俄顷／你快也安静。

钱春绮的语言，指向文字的纯粹诗性，指向不可言说的微茫之美，是群峰无声，浪游者独立天地间的生命情怀。而后三者的语言，只是日常语言，因此全然不能抵达浪游者夜歌的诗意情境。暮秋之南山，也是一种语言，这不是日常语言，而是原初的诗性

秋境

语言，这语言正如漫游者之夜歌，弥漫天地之间，萦绕着着悠长、无声的韵律，它以文字显现，又超越文字自身，直抵天地的本质。

次日入山，南山的暮秋一派明澈，此刻，南山的万物都是充满灵性的诗意语言，这是日常语言的终结之所，也是诗意语言的开启之地。山脚下树叶飘零，这些斑斓的树叶，是草木最终的歌吟。这是万物返乡的季节，树叶回归大地，草木凋零，它们在秋天回到自己的归宿。行路者的秋思，是感受万物返乡的惆怅，一片飘零的沉淀了日月之辉与风雨嬗变的落叶，无法脱离时光的湮灭，它回归到永恒的虚无。

这虚无不是万物的离场，万物依然在场，它们隐匿，却气韵犹在，如同漫游者山路上的夜歌，歌声消失，但这歌声的韵律，却始终在天地间回荡。那一天，我在暮秋的山中徘徊，暮色笼罩了群山，我下到山谷，看到一轮明月挂上东山。月光之下的万物，洗去铅华，回归灵性的秩序。在此间升起的夜歌，是月光的旋律，在此间浮现的往事，也是脱离了时光与世俗秩序纠缠的诗意往事。

无声的夜歌在山群间萦绕，山间也有淡淡的影子显现，这不是日间路上的行人，而是虚无处生发的如灵的存在，这是湘君、湘夫人、山鬼、少司命的身影，是花仙的舞姿，是山中生灵的夜宴。夜歌之中，不是万物是自相显现，而是万物的新生与诗化。

南山的夜歌与城中的夜歌不同，前者是新的创造，后者是他者世界的复述，前者为无声的天籁，后者则是喧嚣的表演，前者是自由的会心，后者是程式的和鸣，前者是天籁围绕周身，后者是在呐喊中发现自我，前者是天人合一，后者是自我沉醉、自我移情，自我塑造与展现，前者通向未知的虚无，后者通向已知的现实规划。

暮秋的南山，万物回归故土，也回归语言的原初。春草夏花，已成南山的往事，在一片萧索苍茫中，南山也与返乡的游子精神同构。完整的时光已经沉淀为零星的结晶，往事、故人徒留一声喟叹。深夜，我在宣纸上写出心中的夜歌，这些笔触，脱离了形象的建构，它们不再是构成形象的工具，而是自在的韵律的流淌，它们也不再是完整的往事，伊人的凝眸，而只是往事的歌咏，伊人远去后空寂的道路。

夜晚，我梦见自己水墨的主体，几块墨的堆积，几乎从最浓到极淡的晕痕，构成一座山、一个世界。围绕这个世界，是澄明的色彩的叠印，这是比圣维克多山更为神秘、脱俗的世界。而画面的其它部分，是细腻、神秘的交织。梦中的笔触如流水，如卷云，如春雨，如落梅，如雷电，如山涧之水。那些水墨构成的山谷的意象也开始解体，只有夜歌的余韵，在笔触间欲说还休。

晨起，我在纸上摹拟梦中的笔触，我的桃花源，在笔下渐渐显现，这是一个色彩流动的寂寞空间，寂寞而充实，忧伤而悲悯，明澈、深沉。这脆薄的色彩，在纸上相遇、交融，如同冬日透过窗上冰花所见的天地，黑白的天地在晚辉中骤现五彩的光芒。当白色在诸色间流动，我想起林风眠的青花瓷般的画面，那薄如蝉翼的轻纱，让那些美好的绽放若隐还现。童年所见的冰原，连接着山后的残阳，白桦林间的少女，宛如童话，我在笔触间触摸到了那些远去的时光。

这无言之美，如漫游者之夜歌。没有歌词，只有寂寞的旋律，旋律中往事显现又湮灭，那流动的歌声中，流动着神秘的花园，风吹落金黄的树叶，那曲折的幽径，带你进入温暖的光的结构。童年，家乡，恋人的目光，亲人的别离，你说不清这夜歌究竟是忧伤，还是甜蜜，是伤逝，还是重逢的幸福。最终，只剩下这虚无的色彩，歌声也化入虚无，那无限的世界，诗性的光芒，在虚无中隐匿。当你创造出这虚无之境，这收藏了你一生珍藏的虚无之境，并无知音，你在天地间踽踽独行，你终将返回故乡永恒的虚无之境。在一本书、一幅画、一首诗中，依稀可见返乡的幽径。

重归南山，在阳光的照耀下，南山之夜歌已经悄然远遁。熟悉的道路，只有零星的酸枣挂在枝头，这最后的果实，终究也会落下，回归故土。

诗

听到南山的夜歌
想起离去的亲人
不禁潸然泪下

南山已经荒芜
南山的夕阳徒留古道
已不见瘦马
琴声止歇
烛光中的身影是如此寂寞

荒草丛生的故园
虫鸣不绝
行路者夜行南山
含道暎物
那归人的夜歌

是南山的琴瑟

草木丹黄
那一声夜歌
吹落满山木叶
那不是木叶
是你寂寞的往事
飘零南山
化入伊人的锦瑟

那窗棂后凝视的伊人
湖畔伫立的伊人
木叶飘零中鼓瑟的伊人
虚拟的伊人
在夜歌中变得鲜活

只有夜歌
穿透你走过的山河
今夜的夜歌
是寂寞的漫游者之夜歌
漫游者在归家的路上
想起故园
想起伊人秉烛凝神的院落

（2015年10月24日霜降）

画

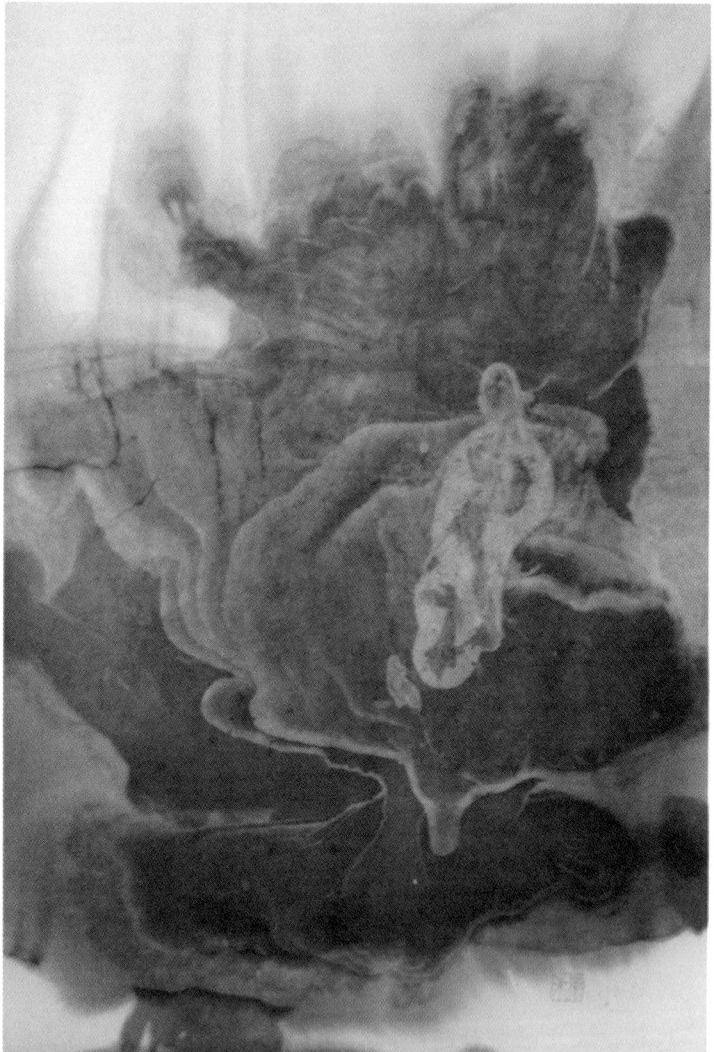

住山不见山

丘壑有言

如霜　立冬

记

深夜归家，此时酒馆的灯笼熄灭，月色如霜。初冬的酒馆是如此温暖，当酒馆中的炉火已经燃尽，南山隐者家中燃烧的木柴，是否也仅余灰白的灰烬？樵夫的夜歌，已经杳不可寻，草木成灰，冷寂的山谷，月色已经洒满无人的山路。只有这月色照亮的山路，可以容纳那些远逝行路者的背影，令那些寂寞的夜歌被唤醒、复活，这是一个无古无今的时刻，此时的南山，是霜雪中的南山吗？

夜晚的街道，杳无人迹，南山也空寂无人，唯有月光如霜，照亮这天地的初境。我们处于月光的终点，从月光的起点月亮俯视地球，地球也恍如虚无，那是另一重视角，另一个高度。1969年，阿姆斯特朗第一次登上月球，从此人类开始抵达月光的起点。1971年，乘阿波罗14号登上月球的埃德加·米切尔回忆说：“忽然从月球边缘缓缓升起了一个蓝白相间的星球，我一时呆住了，当时没有意识到，那就是我们的家园——地球。”月球改变了他的信仰，从月球返回地球的途中，他一直有一种被某种东西注视的奇怪感觉，他感到自己和宇宙中的智能生命产生了一种心灵的

南山暮秋

接触。

从 1972 年阿波罗 17 号拍摄的地球来看，在月光的起点回望地球，这个蓝白交织的球体，每个细微的点，都蕴含着一个无穷的世界。当我们在地球上看到月光如霜，月亮是一个如“阿莱夫”的水晶球，这是地球的投影，隐含着时空的秘密。只有在月亮的视角，才能体味地球的真实与虚无。万山皆隐，纯净的色彩下，隐含着千山万壑，亿万生灵。当我们用文字、笔墨表达世界，也是用有限的笔触追索无穷的世界，一句诗、一条线，也蕴含着万千生灵，安居着灵性的时空，隐藏着无边的草木。

在月夜中行走，也行走于秋与冬的边缘，那种雨声淅沥的夜晚不复再有，只有凝霜的草木保全着时光的诗意。在一个灯光遮蔽了月光的时代，只有夜半灯火阑珊，才见寂寞的月光。只有幽寂的山林，与月光自在交融，远离城市的霓虹。这荒寒的秋夜，将实用的日常生活带入诗境。

进入南山，万木萧索，石上彩色的图案在一片灰黄中格外鲜艳，这凝结在石中的神秘图像，是通向灵境的地图。空气清冷，再也没有草木的花香，万物以决绝的姿态回归、锁闭自身。在这样的万物间行走，如同行走于原初的故乡，这是时光的末梢，也隐含着时光的起点。

山中的水潭，尚未成冰，这平静的水面，远观如镜，只有诗意的行路者，可以感受到水面变幻的丝缕，那莫测的神秘水迹，是静湖生生不息的语言，也是群山凝聚的韵律。那些石上的图像，正如这水痕的结晶。回到山路，回望静水，依然只是一面空空的镜子而已，离开那游离的、变幻不定的语言，万物也离开天地的韵律，归于物理的常识。一个只见万物常识的行路者，无法体察万物的荣枯，也无力抵达万物深沉的韵律。

当月光如霜，洒满山谷，当烛火温暖，令窗内的诸象显现，这光线不仅抵达了诸象的外形，也抵达了万物的韵律。诗意的行路者，是这韵律的追寻与发现者。循着这韵律，你可以感受到目所不能见的存在，云层后的山峦，地平线后的村落，林中的凝眸，在这韵律的萦绕中构成一个灵境。诗文、绘画不过是追寻这灵境的语言，当你面对萧索的群山，无言，这无言的会心，便是脱离万物的表象，抵达真挚的瞬间。如月光遍布南山，月光所及，万物无不熠熠生辉，散发出神秘的诗意，日常行走的山路，不再是通向某一地名的工具，它通向诸神凝视的山林，通向寂寞的灵境，

南山的黄昏

通向伊人伫立的黄昏。

故人也未远去，那萧索的山林，积淀着岁月的痕迹，逝者便意味着新生，显现与幻灭，离乡与归家，构成一个不二的世界。诗文、绘画指向的，不是随时光流逝的人工的秩序，而是作为时光意义之所在的永恒韵律，总有些沉默的事物超越时光的速度，存储了时光的旅程。当世人用诗性的文字指向时光的速朽之物，文字也必脱离诗性，进入世俗时光的速朽。

文字、绘画本身便是对万物的抽象表达，抽象，便是离象入真，脱离既有观念对万物的控制与赋予，使万物回归真挚、诗意处。每种语言都来自真实的归宿，如月光，如烛火，语言呈现的万物，是万物在光的积淀中的重构与创造，每个离乡的行路者，都在自身的旅程中接受、积淀着自身的语言，建构着自身的诗意世界。当你回归到寂寞的故园，回归到光的起点，你微弱的烛火也能照亮你所见的世界，这是脱离了他者的控制，全新的、自在无碍的世界。

他者的语言，其源头是他者的故园，他者的归宿，如八大山人的笔墨，通向的是八大寂寞清冷的世界，世人学八大者众，徒学笔墨，回归的还是八大的故乡，最终依然是一个迷惘的失乡者。

南山归来，回望南山，一片萧索，山路无人，这寂寞的山林，已经颇有故乡的意味了。

入夜，灯火照亮了街道，也覆盖了月色，此时的南山已经隐匿，南山萧索。我在纸上写出南山的形象，这是我一个人的南山，南山月光如霜，而我的笔触，如同月光洒满南山，这是万物具备的南山。山林中有祖先的灵魂，隐藏着我的今生前世，此时刻画的南山，不知时光何许，幽林中的行走，那林深处温暖的烛火，夜鸟的呓语，恍若花仙犹在的山林，彷佛仙子凝神的空间，这一切都意味着一场陌生的旅行、一次山林的奇遇、一种超越时空结构的体验。

诗

万木萧索

你在初冬的荷塘　看到那束光线

那是往事神秘的幻影

穿越时空的管弦

是谁忆起后院的笙箫
是谁　在山林徘徊
醉卧南山

在南山想起故人
春风拂槛　桃花满山
想起那那寂寞的桃花
伊人独立的桃花
你在南山泪流满面

俱往矣
镜中鬓上成霜
那些漫长的旅程
最终　只是烛火照亮的瞬间

今夜你枕南山入眠
群山进入梦中
你在梦中进入了群山
身迷所在
你在无言的迷失中
走近南山的语言

少年时你就进入了南山
但你进入的　只是南山的名字
只是语言描述的南山

你用一生的时间
才在梦境第一次听到
南山真挚的语言
听到南山的召唤

容纳轮回的南山
诸神栖居的南山
花仙舞蹈的南山
在酒后的梦境显现
唯在此时
你是一个创造者
在梦境的漫游中
发现自己
探索万物
创造南山

（2015年11月8日立冬）

画

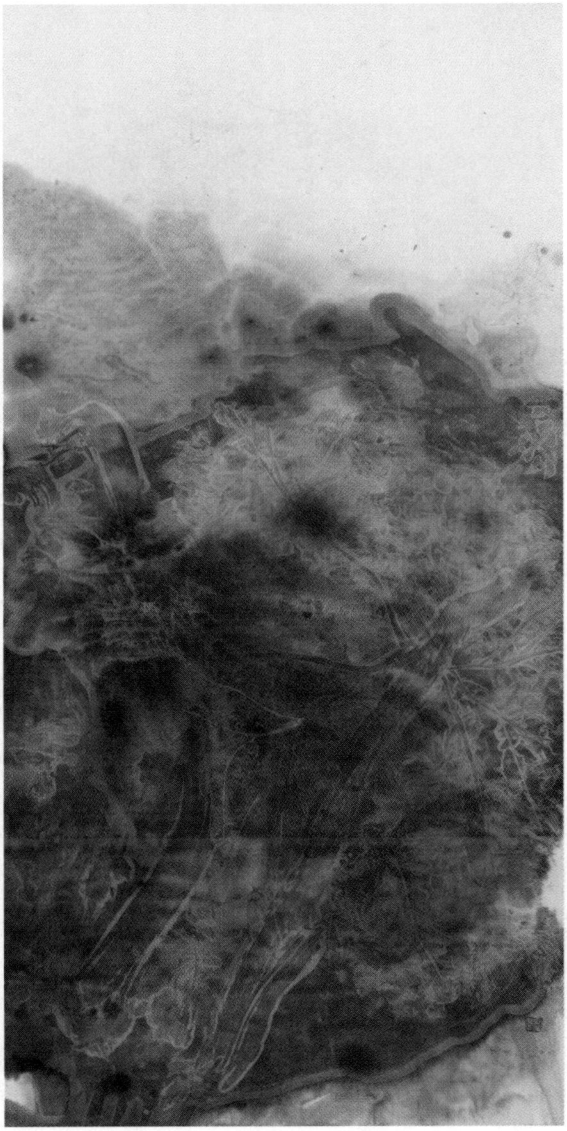

南山之诗

山林坐忘图

投 影　小雪

记

真正的返乡之路并无终点，终点是实有，故乡最终却是虚无之所。进山的道路，连接着万物永恒的嬗变，所以脱离了日常生活的复制，而成为诗意的发现与创造。规则和仪式构成的故乡，只是故乡的生存者的情态，有时你在返乡的路上，思念的只是故乡的情态而已。那些童年的梦境，都是真实的故乡、真实的家园。

当我进入初冬的南山，阳光将我的影子投射到岩石上，这瞬间的投影，与岩石上的图案浑若天成，孤寂的身影，如同进入了天地初开的洪荒之境。这是南山的秘境，我凝视着自己在天光中变幻的身影，这恍若前世的投影，这仿佛修行者的投影，此刻是如此陌生。达摩面壁十年，影入石壁，而我匆匆进入南山，影子与岩石的交融，转瞬即逝。有了这神秘的启示，我走向南山的道路已成真正的返乡之路。

回到城市，我久久沉浸在南山的影子中，我开始在宣纸上追寻这神秘的影子，这似初临人间的影子，如修行者顿悟的影子，与山水浑然一体。我在水墨中建构的家园，开启了通向原乡的道路。

初雪

第二天，我又来到南山下，阴云密布，已经无法看到万物之影。我没有进入南山，而是从山脚下进入左转的小路，进入了一个古老的村庄。天空飘下了零星的雪花，这落雪的乡村，温暖如前世的故乡。冬日，还有什么比一场雪更加诗意呢？南山初雪，则是南山的语言、南山诗意的极致。

村口有块残碑，字迹已经模糊，约略看到是修路的记事。在这古代的石板路上行走，仿佛行走于时光的废墟，残垣间的黑漆木门紧紧锁闭，那里是否隐藏了尘封的旧事？雪落即化，这湿漉漉的石板路，这凝结了无数脚步的石板路，是如此陌生，又是如此熟悉。

四十年前，在家乡沂蒙山的深处，我从村子北面的小溪回家，溪水已经有了一层薄冰，透过薄冰，可以看到明澈的水流在白沙上流过，绵延不绝。我从未走出这片山凹，家的门口也是一条石板路，黑漆木门，可我并不知道，自己很快就会走出山凹，开始一段数千里的旅途。从沂蒙山到北大荒的道路，重建了我心中的世界。此时走在如童年走过的石板路，我是时光中的一个幻影，当你回到起点——一个恍若起点的驿站，数十年的往事已成梦境，只有这真挚的起点，在梦醒处向你敞开，包容你忧伤的灵魂。

你从故乡出发，是一个大梦的起点，而当你走入南山，寻找故土，则是梦醒之际。那数十年的时光，只是一个梦境而已，当你在南山发现故土，这瞬间的照见，如同洞口初开忽见桃花源。庄周在迷蝶的午后，思索自身是我还是蝶，而你在南山，也恍然进入蝶梦的惶惑，那城中的一切都变为幻境，只有南山的万物，连接着清洁的故乡，那村头熟悉的羊群，院落旁成排的玉米秸垛，恍如童年所见，在乡村的时序中，蕴含着如山中万物的轮回。回到故乡，也是回到这生生不息的永恒嬗变中。

在南山回望，城市的生活、城市的时光，只是一种规划的过程，你的道路，不是取决于灵魂的需求，而是文化、价值、规范所注定的命运。只有在南山的万物轮回中，你才发现自己真正的故土。可我只能回到城市，好在飘雪未止，一场雪总会将城中的存在纳入诗意。在小酒馆温一壶酒，遥想南山，此时的南山想必已经覆盖了一层薄薄的初雪。落雪中，天地变得如此静谧，时光停止了流逝，进入一个诗意的无限空间。一壶酒便消解了万千愁绪，天地明净，此时南山的腊梅，是否已经绽放，我在微醺中想起往事，南山的梅影叠印在往事的幻影中。那雪中的清香，是否抚慰了漫游者孤寂的灵魂，古人踏雪寻梅，不是寻梅，而是寻找

雪境

自己灵魂的投影。

雪终究不能覆盖城市，在湿漉漉的街道回家，这仿佛是一个极久远的场景，这清冷的湿润中，关联着许多画面、许多剧情。车窗玻璃折射的树影，黄昏的光芒，灯火，也是城市流动的歌吟，这歌吟，唯在一场雪中变得深沉而诗意。在城市的喧嚣中，心灵与万物是阻隔的、界限分明的，而一场雪消解了心灵与万物的距离，人与万物同处相同的情境，这是一种温暖的诗意。当你忆起雪中伊人的笑容，你留恋着彼时接近永恒的时光，也留恋着那万物同心的情境，伊人被岁月消减的容颜，只有在那静谧而诗意的情境中重归青春。

在南山，人为的屏障被解除，在城市中被资本、权力、文化占有的江河草木，在无争的荒野中回归自然。在一场雪中，即使在城市，也总会有裂隙通向这自由的美好空间。那黄昏的背影，雪中的凝眸，总在这裂隙重现。那日常的诗意，不过是你在裂隙间的投影。

我很少阅读自己的书，偶尔翻阅，那些自己建构的文字和图像，是如此陌生，我已经远离那些情境，而此时的我，和彼时的存在，也已形同陌路。那个在沂蒙山山凹中的孩童，在北大荒游荡的少年，和此时面对南山的我，是一种怎样曲折而隐秘的联系？我是南山的过客还是南山的挚友，我是何以成为如今的“我”的呢？

南山的隐士已经远逝，我们只能在仅存的诗文、图式中寻找他们的踪迹。“我”是何以和他们相遇的呢？或者在家乡的旧居，或者在旅途的阅读中，或者在影视媒体、网络，或者在大学的图书馆，一间简陋的书店，或者一块残缺的石碑，一座庙宇，我们邂逅，又分离。相遇又能如何呢？我们一生遇到无数的路人，而在心灵留下印记的，不过百人而已，我们终究会回到自身，回到自己灵魂的安宁之地。我们不过是这个世界瞬间的投影，诗文、绘画与南山，不过是探索那通向光源的道路，追寻灵魂安居的秘境，保全那诗意的时光，聆听万物生息的韵律。

诗

南山初雪

南山的草木已成灵境

你独自行走山林　万物无声

你在无声中感受到雪中的生灵

这明澈的空间　静如虚空
可这只是隐藏
你感到清亮的目光　照亮内心
初雪便是南山的灵境

南山初雪
每一株草木　每片雪花
都隐藏着一颗心灵
你看到山鬼的眼睛
清亮　无尘
这从未被侵染的灵性
在落雪的山谷显现
你屏息凝神
你是一个被往事掌控的行路者
除了往事　你两手空空

归家的道路也开始下雪
漫长的旅程中
这唯美的初雪　更似一个梦境
在南山　你只是一个落寞的行路者
隐士踏雪寻梅
如今　隐士与梅　已经再无踪影
是否一生长啸

可以回到那远去的时空

酒尚温热
是否是南山隐者　与你同饮
笑把往事化为南柯一梦
人面桃花
秋水伊人
那苦寒的驿站
温暖的故乡
都在初雪之夜入梦

荒原　那舞蹈的冰雪的精灵
忽然停止舞蹈
她们静静
静静地放下管弦
静静
静静地聆听
南山初雪
是天地间至为寂寞　至为温暖的语言
至为神秘的歌声

（2015年11月22日小雪）

画

人比梅花瘦

千山鸟飞绝

雪隐　大雪

记

一场大雪彻底锁闭了南山的道路，林中的万物被幽蔽。《金瓶梅》第二十五回诗：雪隐鹭鸶飞始见，柳藏鹦鹉语方知。一只白色的鹭鸶，在白雪中隐匿了自身的存在，这天地浑然的苍茫，万物不是离场，而只是诗意的隐匿。在一场雪中，不仅有诗意的隐匿，也有诗意的呈现，天地寥廓，千山万径，蓑翁独钓寒江雪，他因雪隐万物而独显。这情境如同混沌初开的光明，又如红尘梦醒，独归故园的觉悟。

山下的道路已经被行人践踏，那些污浊的脚印，切断了行路者诗意的想象，而最终，行路者自身也参与了这样的践踏，任何现实的脚印，都是对这无尘世界的践踏。乡村在人的活动中从想象境回归，南山依然锁闭。你可以尝试进山，在路上留下第一行脚印，你是唯一的进山者，你在雪地上看到鸟兽行走的足迹。

雪地收藏了此间生灵隐秘的踪迹，它们大多通向林深不知处，它们的道路偶尔和林中幽径重合，又归于隐秘。古时书生夜行，误入花妖灵魅的家园，窗棂微光，伊人如画，这是保全前世今生

雪隐

的幽梦，是时光之流的的汇聚处，进入在此间，你恍惚就进入往日的时光，那些流逝的画面，梦中的场景，此时，你就置身其中。

回到城中，在积雪的道路上行走，感觉异常寂静。雪隐藏了南山清新的草木，也遮蔽了城中的尘埃与喧嚣，这城中被雪覆盖的道路，不再通向世俗的规则，而是通向童年的乡村，通向灵魂的想象。记得童年时，初到北大荒，雪总是下个不停，黄昏行走各家篱笆前的小路，偶尔透出的炸鱼或煮肉的香气，令人沉醉。当然这诗意的幻境只是幻境而已，北大荒很快以其暴力的社会规则锤炼了我的身心，生存与尊严，在一个贫瘠的时代，生存已属不易，尊严与诗意是遥不可及的梦。

从南山回来，在一家小酒馆中饮酒，忧伤的往事覆盖了城市，我已经厌倦了那些软弱、涣散、毫无尊严的文字与图式，没有好的文艺，不是缘于才能的匮乏，而是缘于灵魂的迷惘，尊严的丧失，已经很难见到一个高洁的灵魂了，通向南山的道路，已经迷失。从南山归来，我不想看到别人，只想面对自己。透过布满了水汽的玻璃，窗外万象明确的界限开始模糊，这是神秘的抽象，如同雾里看花，万象都抵达了诗意的距离。南山与城市之间的鸿沟消失了，在城中，也如置身南山脚下，夜晚的梦境，被澄明的雪光照亮。

三天后，城中的雪迹已近消失，走进南山，依然有成片的积雪被完好的保全。雪不再是隐匿南山万物之存在，雪隐于南山的幽林秘境，透过密林的日影，洒落在积雪之上，树影交织，山林在此时不再是幽暗的存在，而是晶莹的、五彩焕然的发光体。行走于南山，如同行走于水晶球交织的脉络中。

寒入骨髓的山风吹过，这凛冽的寒风，清透、纯粹，这寒冷的水晶，令人想起往日苦寒的道路。在寒风中的奔波，与寒风中的漫游全然不同，前者是苦寒的孤旅，后者是明澈的体验。在一个宁静的时代，一个人在积雪的南山漫游，这是奢侈的诗意。林深处传来鸟鸣，它们可以在林中自由的飞翔，而我们只能在雪中寻找既有的道路，我们如何能理解一只鸟儿的吟唱呢？和一只自由穿梭于林中的鸟儿相比，我们对南山的理解，就是几条交叉的幽径而已。

从山顶俯视群山，烟岚隐去了道路、村舍，群峰仿佛居于虚空之中。群峰不再是大地的生长物，而更似虚空之中的幻境。苏

山中鸟兽在雪中的足迹

轼说："空故纳万境，静故了群动。"空与静正是雪后南山的本相，当代的诗文绘画，多属躁动城市的产物，所以密集、喧嚣、压抑，虽摹写故人图画，却不能进入古人空灵静谧的生存空间，所以形神涣散，图像则仅具余图像而已。

寂静中听到清亮的鸟鸣，和笼中鸟不同，山中的鸟儿依自身的天性自由飞翔，它毋须被他者奴役，遵守违逆天性的、被强行赋予的外在规则，我们体味一只鸟儿鸣啭的诗意，诗意正存在于鸟儿自由的天性。一个南山的漫游者，漫游的过程，也是向自身天性的追溯，他摆脱了城市的规则，所以才有足够的心灵空间感受南山的灵性与空寂。南山也在漫游中脱离了世俗秩序的规定，如同烟岚中生出的群峰，虚空中显现的山峦，这不是幻境，而是诗意的创造。

在世俗的理性中，一切不可触摸的诗意皆为幻境。南山的漫游者，远离了世俗的羁绊，他在空寂的南山体味到自己的存在，在林中幽径发现自己的道路，此时的存在，不是世俗文化规定的存在，此时的道路，也非教科书中规范的道路。当你从实有的世俗秩序脱离，你方进入南山，进入南山容有万物的空灵与静谧。

那些循地图、攻略进入南山的旅行者，如果无法体验这充实的空寂，他的身影虽然进入了南山，却无法抵达南山的诗意，他的灵魂却依然在山外，他只是南山的过客而已。那些喧嚣着进入南山，呼号、发泄，将流行音乐放到最大音量的团队，只是南山的侵入者，他们以占有、征服为目标，喧嚣而来，呼啸而去，为南山留下一片狼藉。江山风月，此时唯余江山，风月已然无存。

在南山中的偶遇，已无隐者，而在城中的阅读，也已不见隐士，那些喧嚣、躁动的文字与绘画，那些以先贤图式为神祇的苍白复制，与我在南山的相遇，相去无几。我在宣纸上写出一片空茫，这万山积雪、杳无人迹的幻境，是南山，还是我孤寂的心灵？这无人的初境，是未被浸染的世界，天光五色焕然，照亮了万物的生息，这里不是空无，而是万物真挚生长的朴素之地，这雪中也有花开，那林深不知处，有雪中悄然绽放的梅花。

诗

雪漫千山
天地空寂　只余一翁独钓寒江
万物在雪中深藏
连山风也已隐匿
空山无人
唯你在这终境
想起远逝的亲人　黯然神伤

雪中的灵境
你独自走过无人的溪桥
温暖的灯火　透出一扇蓬窗
这苦寒的千山间
灯火微黄
将你的灵魂照亮

一壶浊酒
消解万古的忧伤
千山鸟飞绝
那一夜大雪
阻隔了山路　也将异乡变为故乡

回乡的路总是如此漫长
你还记得那清亮的凝视

烛火温暖
可如今你也鬓上生霜
那诗中的歌吟已成绝唱

那眷恋的歌吟在山间回响
今夜是谁在山中饮酒
听到旅人的长啸
那苦寒的山路便不再漫长

一壶酒便是故乡
你在万山之间
看到灯火照亮蓬窗
茅舍中是否有未干的诗句
这被积雪养成的诗句
隐藏着万山的寂寞
隐藏着你苦寒道路上
温暖的故乡

夜色暗隐雪光
群山苍茫　容纳你的忧伤
你在山中饮酒
看到雪漫千山
仿佛听到漫游者归家的吟唱

（2015 年 12 月 7 日大雪）

画

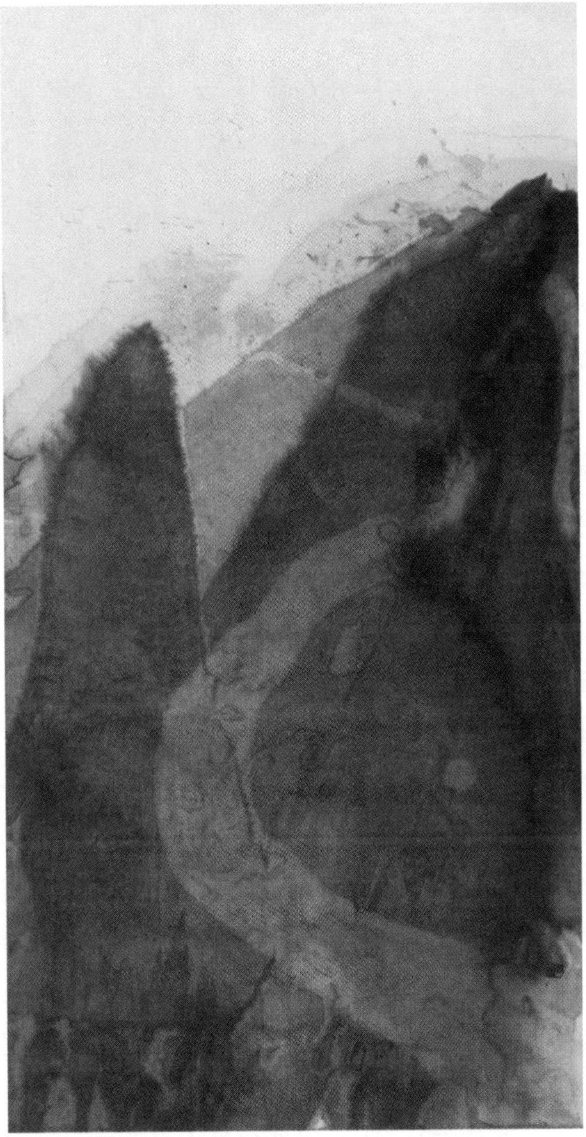

只在幽林更深处

洗礼 冬至

记

冬至的南山，已经到了阴气至盛之时，苦寒的山中一片静寂。一路草木枯槁，登上山脊，午后的山脊，一侧是枯黄的草海，一侧是长青的柏树，行路者仿佛走在阴阳交会的界限。阴阳构成了完整的南山。《红楼梦》中史湘云对翠缕说阴阳："阴""阳"两个字还只是一字，阳尽了就成阴，阴尽了就成阳。山中已不见残雪，山风干燥，山下的水坝已经露出形如沙漠的沙底，这是一个枯槁的时节。在这万物自藏的山中行走，是断肠人在天涯的孤独行旅，你无力回到充实的、在万物生长中自在的漫游。

山中满目萧瑟，回望城市，城市半隐半现，笼罩在暗红的雾霾中。沿林中道路进入山涧，这里还有零落的残冰隐藏在崖壁的石缝间。我决定原路返回，再次回到山脊，晚晖已经笼罩了山谷。我惊异地发现，那枯槁的荒草，被晚晖映照为暗隐光芒的金黄，这诗意的赋予，令南山陡生光辉。草叶如金，废弃的鸟巢挂在灌木上，这是鸟儿的故乡，金色的故乡。

我们看到鸟儿的故乡，便是与鸟儿的世界相遇。在南山，一

南山草木

株草、一棵树、一个人，都是不同的平行世界，我们在南山相遇、交叉。城中的相遇无法抵达每个世界真挚、朴素的部分，那是规则的相遇，剧情的相遇，只有南山中的相遇，方走下舞台，在剧情中解脱，此时的相遇是诗意的真实。

草木停止生长，但在天光的沐浴下，它们不再是废墟，而是气韵流动的神秘花园。这是《神秘园》中悠长的追忆，是锦瑟无声的喟叹，这韶光流逝的终点，李商隐《锦瑟》中说："锦瑟无端五十弦，一弦一柱思华年。"这南山之园，正为思念华年之所。天光在城市只是存在，在诗意的栖居之所，时光不再是徒然的流逝，时光也成为新的创造。

南山荒寒，这被萧瑟锁闭的时空，如同天地的终境，时光的废墟。但总有甜美的往事在这里升起，你恍惚想起江南绮丽的院落，你穿过幽深的长廊，走向后院隐约的笙箫与灯火，那是一场梦境吗？在湖畔的村落，你是初临，还是重返这静谧的灯火？那陌生而熟悉、温暖而忧伤的夜宴，酒中映出的笑容，烛火照亮的影姿，仿佛一幕剧的开启。从这个原点出发，到江北荒寒的南山，与在荒寒的南山追溯往事，这流逝与追溯，恰恰构成时光的意义。

在江北的南山想起江南，在寒风中浮现出温暖的往事，这是流逝与生发的边缘，是退隐与生发、湮灭与创造的界限，在时光的消隐之所，总有新的时光被暗暗创造、绵延，这是冬至时节的应有之义。你走下南山，想起自己一个人在黄花灿烂的古镇漫游，在细雨流光的雨夜凭窗饮酒，这往日的情境宛然在目，唯有你自己彼时的身影越来越陌生，越来越模糊。你无法想象自己的面容与情态，在此时的南山遥望彼时的影子，是存在，还是虚无？你成为一个隐在的在场者，那个漫游的身影，痛饮的酒徒，已成往日情境的一个符号，他从万物的中心抽身而出，凝视、创造、重构万物，也凝视、创造、重构自我。

你在南山记得凭窗饮酒的黑檐、细雨，一路黄花，云雾笼罩的群山，却无力回到彼时的情感与想象，彼时的回忆，当往事化为梦境，那是梦中之梦，镜中之镜，虚无中隐匿的虚无。在南山，你已经被往事重构、创造，即使回到往日的情境，你也无法重温。你进入往日的镜中，如同回到童年的梦境，你是一个虚无的在场者，你置身其中，又隐身其中，如同面对一行诗、一幅画，你进入那情境，却终究只是虚拟。你在回忆中回到的古镇、群山，都不在其物，而是脱离世俗规则与逻辑的诗意部分，是万物生息的韵律，你处在这韵律之中，也失去了世俗的命名、身份与存在，你隐身万物中，也隐匿于重归自由的自我。

冬日山涧

在一首诗、一幅画中隐藏的秘境，是这些虚无之境的重叠、交融，你凭藉诗、画的道路抵达这深沉的虚无，收藏这时隐时现的诗意。只有纯粹的诗、画，指向这不可言说的诗意。固然，一首诗、一幅画也可以沦为世俗的工具，但那只是诗、画之镜的背面，澄澈的正面方通向真挚的诗意。

冬至的南山，时光也归于虚无，万物卸去外在的赋予，重归朴素。这是红尘梦醒的时刻，当你进入南山，也是从红尘走向山野的诗意，如同那些隐士，从层层桎梏中解脱，重返原初。《红楼梦》中那块镌刻了文字的石头，重返青埂峰下，时光的积淀，红尘的诸境，化为虚拟的文字，一块历练红尘的石头，重归故土。它还是那块补天之时的灵石吗？世间的命名在此已经与回归故土的石头并无关涉，只有这些文字，隐含了万物的流转、时光的秘密。

终归故土，你拥有的红尘诸境，最终只余南山的歌吟，一幅图画，几行诗句。我在萧索的冬夜写下几行诗句，在虚无的水墨幻境，记录绮丽的光影，迷幻的梦境。这奇妙的旅程，如同初临那江南的院落，灯笼，长廊，夜宴，徐徐在此间开启。你在月色中饮酒，天地清凉的露华如春雨之丝，落在发间、周身，凉彻心扉，如同醍醐灌顶，仿佛灵魂深处的秘境忽然被打开，瞬间天地通明。这瞬间的洗礼，打开了语言、逻辑的牢笼，冲破的时光的禁锢，这甜美、自由的充实之境，是你与诗意的真实相遇。

你不再占有语言，也不被语言占有，那无言的会心，莫可言说的清新洗礼，是天地对存在者最为悠长、最为深刻的谕示。超越世俗的情感，你看到伊人如水的凝眸，那清亮无尘的秋水，滤清了世间的喧嚣。这清洁的图景，无言的画面，在寒冬的南山浮现，只有南山空寂的山谷，可以栖息这纤尘不染的画面。冬日的南山，也通向天地真挚的灵性，当你在南山想起江南，不是江南，也是前世时光在南山的灵光乍现。

冬至的夜晚，是黑夜追逐阳光的尽头，也是终点。在黑夜最漫长的一夜，是回忆在南山开始栖居的夜晚，南山的万物已经锁闭，它们不再占有南山，锁闭的万物为回忆创造了无限的空间。

诗

南山荒寒

万物锁闭

在南山遥望江南

那一年　你在江南的禅院撞响古钟
钟声在群山弥散
不知是否抵达河上的客船

那游子的钟声至今不绝
这是时空并置的瞬间
紫藤花开
古道　一壶老酒
在花开中想起南山
无人的山路
铺满飘零的花瓣

南山还远
在江南想起的南山
是虚无的故乡
时光的终点
是你须发俱白
扶杖所见的南山

在江南的万物中冥想
心游万物
那弥漫着花香的深院
琴声妩媚
灯火温柔的夜宴
那倾心的一剪秋水

迷失了馆驿的道路
听到夜半的钟声
抬首只见弯月挂上了屋檐

如今江南已远
南山之万物
容颜消减
这虚无的南山
因虚无而容纳万物的南山
也包容了江南的梦境
当江南的梦境进入南山
你已经置身时光的桃花源
这未经命名的虚无之地
是存在　也是虚无
是南山　也是江南

（2015 年 12 月 22 日冬至）

画

不知梦中是前身

如画 小寒

记

冰封的世界，只是如画，画面已经隐匿在冰层之下，冰层纯净，透明，却能折射一切光芒，映照往日诗意的时光。这寂寞的荒寒之境，万物失去了语言，失去了诉说。这是旧的语言的湮灭之地，新的语言就在这无言之境蕴藏。此时进入南山，在这个本质的世界，世俗的往事已经远遁，在这里浮现的，只有旧日诗意的语言。

那些诗意的语言，或者隐藏于一本书、一幅画、一曲琴声，或者一个隐秘的情境、一条幽静的林中道路。这些诗意的语言，在此时的南山汇聚，这是新的诗意语言的新生之地。这也是时光的积淀、重生之地，在北方荒寒中，与江南的时光有着不同的速度与形式。

北方的南山与江南的南山是如此不同，在江北裸露的山体行走，满目萧瑟，岩石间残存的草木，孤寂荒寒，偶有残存的石碑，唤起往日的追念。而在江南，草木无时不在重现往日的时光，它们重构着行路者的灵魂，北方的时光，则更似磨砺与锤炼。

你在想象中越境，进入陌生的院落。当你在南山想起江南，你在一个陌生的院落，成为另外的角色，那些桂花香气弥漫的院落、山川，翠竹、湖石，清冷的夜宴，窗棂后清灵的目光，都是一场梦境吗？南山与江南相隔无数的树林、河流、山川、田野、村落，是怎样的力量使你穿越这些存在，与那遥远的院落交叠？不仅仅是记忆，也不仅是一个剧本、一种逻辑、一种多重的角色，它关乎记忆又超越记忆本身，关乎剧情又远离剧本，关乎逻辑又指向非逻辑、潜意识，关乎你现有的角色又超越时光之流，纠缠于隐约的梦境与前世。

我恍惚看到交叉的山路，一个书生的影子向寺院老殿的方向走去，回身却只见一条幽静的、并无交叉的道路，也没有书生的影子。这书生的影子，是真实还是幻觉？还是我前世的记忆？这隐秘的道路，偶然开启，又迅速封闭。南山的道路，隐藏着无数这样的道路，鸟兽、远去的书生，锦衣夜行的少女，都在道路间偶现，须臾又归于隐匿。

我看到落雪的禅院，钟声在天地间飘荡，那些诵经者，身影在念诵声中越来越远，消逝在黄昏的虚无。这如画的情境在南山浮现，可这并不是画，一幅画也并非画而已，它是通向某个秘境的窗口，是连接一种语言的道路。冰封的南山并无语言，却成为诗意情境、诗意语言的的栖居之地。在一个诸神退隐的时代，栖居南山的诗意，成为通向远逝的灵性时光的必由之路。

少年时在黑龙江畔的一所中学寄读，每次乘车经过那没有边际的冰原，都会在恍惚中迷失自己的存在。日常的生活退隐了，我脱离了自身的环境，这无限的冰原，在黄昏的落日中熠熠生辉，我似乎置身一个陌生而温暖的异境，又似乎有温暖的凝视投射向

荒寒

这纯净的世界，投射向我孤寂的心灵，这是我前世的故乡吗？只有车内的同行者将我拉回现实，可他们都是陌生人。只有卖票的姑娘还算熟悉，穿绿色军大衣的美丽的姑娘，还有一个须发皆白的老人，他有一个精美的军官证，可以免费乘车，据说是个师级干部，因为同性恋被发配至此。老人总是在这条线路上乘车，凝视着窗外，他也在这里追寻自己的故土吗？

沉静的卖票姑娘，寂寞的老人，和我这不谙世事的少年，在片冰原上往复了无数个来回，这是一个奇妙的构成，是寒冬中如画的情境。我们在同一个旅程中凝视着冰原，各怀心事，我们同处相同的旅程，却永不会发生联系，姑娘的美丽和一个少年、一个同性恋并无关涉，只有天光的莅临、云影的变幻笼罩了这神秘的旅程。我在彼时并不能理解这旅程的意义，虽然那时已经开始写诗，但还不能体味旅程本身的诗意，旅程只是通向学校的一种形式。直至进入南山，才理解时光本身的诗意，那些令人眷恋的过程，纠缠在世俗目标的规范中，我们忽视了旅程本身的诗意，一元多的车票，学校，作业，生活的功利禁锢着诗意的想象。直至今天，我才恍然意识到，就是冰原上的旅程本身，那天光中蓦然照亮的原野，汽车发动机的声音已经不复存在，只有这天光，寂静地照亮世界，也照亮姑娘和老人的脸。

彼时旅程的终点是黑龙江畔，而当这旅程在南山重现，它已经通向新的秘境。忽然想起天涯孤寂的行路者，行走在冰原之上，也消失于冰原，这恍若末世的情境，也恍若创世之初。

彼时的少年如今已近中年，那姑娘也已是老人了吧，而那老人，已经不在人间，那诗意的瞬间已经无法重现。只有诗意的语言可以抵达这遥远的旅程。当我在一首诗、一幅画中收藏这随时光远遁的画面，它开始纳入我生命的旅程、人生的逻辑。而对那老人和姑娘而言，也许这一切并不存在，那只是一次乏味的重复工作，或者为了消磨时光的一次旅行，他们并没有注意到，天光照亮了冰原，也照亮了车内的空间，这寂静的一瞬，改变了一个少年所见的世界，那几乎不被察觉的一瞬，温暖了一个孤寂少年的灵魂。

这唯美的瞬间，只能在心灵中保全，只有将它纳入灵魂的建构，纳入诗意的南山，这瞬间方在日常时光的废墟中重生，在文字与笔墨的歌吟中呈现。在寒风中凝望南山，你恍惚看到远行者的身影消失在南山，仿佛消失于时光的终点，也消失于新的起点，消失于虚无的光影，也唤起了真实的时光。

入夜，听着窗外的风声，我继续画着那初沐天光的存在者，这是一个秘境的初显，也是命名之前相见的无言。

诗

在冬日的南山煮茶
窗外阳光沉寂
恍若云烟
你在茶香中想起
山居的岁月
花开满山
却再不见伊人的笑颜

不见　在时光的缝隙中
那些残存的画面
是心灵深处忧伤的管弦
锦瑟中隐藏的时空
是迷离的蝴蝶
梦中的语言

你在南山
看到花落满山
这纯粹的语言
令人心动
游子寂寞的笙箫
吹落了满树花朵
穿越了寂寞的南山

在冬日的一杯茶中
体味到春天
那万花初开的春天
那迷失归途的春天
你站在林中
如同站在一个迷梦的中心

迷途的少年
梦醒处
只见万木萧萧　冰霜覆盖了南山
走过半生
你才发现那少年迷途中隐藏的语言
那超越日常逻辑的语言
是通向归宿的语言

当你在南山漫游
你才发现
只有迷途的漫游
方通向故乡
虚无的光影
通向时光的创造
在流逝的时光废墟
发现灵魂的家园

（2016 年 1 月 6 日小寒）

画

寂寂于野

寒林　大寒

记

寒林清寂，阳光投射于寒林，投射于林中的道路，这遥远的投射，连影子也变得极淡，若有若无。这影子是林中唯一的变幻、流动之物。万物与时光的流转在寒林中止歇，寒风终于将道路、草木、林中的积雪冷冻于形体的恒一，行路者也将自身包裹于厚厚的衣物，虽与万物同在，却与万物保持了距离。在这里时光也变得缓慢，山中的万物都因封闭自身而变得不可亲近、不可触摸。

在南山行走，只有想象的空间依然敞开。在这万物界限分明的冬季，一个温暖的、万花盛开、时空交叠的梦境是如此奢侈，可寒林漠漠，总有天光透过枝干，将蕴藏的时光释放，在你苦寒的孤旅中，总有一些温暖的画面抚慰你的忧伤。那雪中踽踽独行的书生，扶杖的老者，林中的草屋，那些隐藏在诗文中的意象，依然在寒林隐藏，只是空山无人，林中的草屋，已经仅余残垣。这被严寒与积雪填充的残垣，曾经保全了昏黄的灯火，饮酒的旅人，书生的梦境，故土与家园的温暖，这是时光的废墟，它连接着神秘的往日情境，当往事皆成虚无，这便是一个诗意的创造之

寒林山居

地。

当你用想象中的情境填充这残垣，它已经不再是有限的物理存在，而是可纳万境的虚空，可显万象的舞台。那些剧情、传奇、道路在此皆已沉寂，只有无言的自处，脱离舞台的静默，是残垣最本质的诗意。那些构成残垣的石块，也走在回归故土的路上，当它们被构成房屋，便脱离了石块的自在，它成为构成房屋的实用之物，如今房舍倾颓，石块又回归自然，从功用的规则中解脱，重归无言的故土。一块回归自然的石块，与林中随处可见的石块自然有异，正如梵高刻画的那双农夫的鞋子，石块记录了房舍的时光，灯火、旅人，深夜的诗句，深情的自语。

一段残垣总是隐含了令人无法释怀的诗意，那些流逝的往事，残垣封闭了往日的时光，也会在某一瞬间，释放、呈现那些往事。当你在南山凝视这锁闭的残垣，你看到一片虚无，那些被层层迷雾笼罩的时光，需要一束光的照亮。谁能在一座废弃的舞台，看到那些曲折的剧情、深情的对白、飘舞的水袖，听到远逝的琴声？谁能在寒林淡淡的影子中，看到行路者忧戚的面容？

只有那些诗意的行路者，可以在废墟中创造时光，在残垣中看到明亮的灯火，离人的笑容，只有那些时光的创造者，可以在废弃的舞台，看到明眸善睐的眼波，听到绵延不绝的琴声。在万物流逝的城市，这些诗意的行路者，在踽踽独行中保全时光，在时光的废墟中创造新的唯美存在。这是对流逝的拯救，隳沉的救赎。

一片萧索的寒林，是流逝所抵达的废墟，也是创造开启的新生之地。当你在一带寒林看到行路的书生，在一张信笺中读到亲人的笑容，在一片残垣中听到远方的歌吟，你不仅是一个回忆者。当你用文字、笔墨以寒林、信笺、残垣为表达的起点，你用诗意的语言构建新的时空，此时，你已经成为往事的拯救与创造者，你在拯救和创造时光。

你在南山的道路因此而变得意味深长，即便在寒冷锁闭的严冬，你因创造而进入南山灵性的裂隙，那些隐藏的仙窟，隔山而存的桃花源，江南的花开，近在咫尺。你凭藉诗意的语言进入、建构这神秘的空间。进入桃花源的洞口，仙子栖居的秘境，只在南山幽暗的路径间，这些神秘的路径，积淀了旅人的脚步，沉积了千山的岁月，一个偶然的机缘，便会豁然开朗，呈现全新的时空。

南山的万物，在世俗的时空秩序中被贴上标签，赋予价值，自身也作为工具随时光湮灭，沦为废墟，而诗意的行路者，与万物并列，他剥离万物的外在赋予，使山中万物回归自由无争之地。

南山柿林

因此，进入南山的道路，也是令万物远离世俗功用，回归自然的道路。一首纯粹的诗、一幅真挚的画，也指向这世俗功用的消隐之处，诗意的语言，从这自然之境生发，天然自足，通向灵魂安妥的故乡。

在真挚的诗的语言中回归故土，亦是令万物重返故乡、回归自然的道路，当一块顽石脱离建构房屋的桎梏，一株盆中的草回到山涧，脱离价值的标签，这是何其幸福的返乡之路！当你行走于南山，你比那些农夫、牧羊人更似南山的解救者，你对南山并无索取，你只是发现、聆听、建构，一个灵性的桃花源在交叉的道路上渐渐显现，这里万物生长，远离役使，你的文字，你的绘画，都是对已经分割、使用、流逝的时光的拯救，是重新观照万物，凝视着万物返乡的充实与幸福，是从语言中解脱，重归深沉的无言而会心处，是召回诗意的时光，令存在者凸显存在的满足。

我们从虚无的源头而来，又将到虚无的归宿而去。在寒冬的南山，我抵达南山的世俗之真，也体会到南山的虚无之处，那里升起的笙箫、显现的舞蹈、萦绕的天籁、变幻的光影，是往日的重现，还是时光的创造？是诗意的终点，还是灵魂的归宿？

《桃花源记》中的渔夫偶然抵达了虚无之所的入口，这瞬间的虚无与真实的同构，无法追索，不可重复。正如通向故土之路，故土的入口，总会在追索中灵光一现，那寒冬中苦寒的行路者，在这醒悟的瞬间，涅槃重生。这觉醒的瞬间，重生的一刻，总会有莫名的诗意，充满心扉，流入笔尖，化为路上的吟诵。走过南山，独对寒林，你看到赶路的书生、凝神的老者、寂寞的山僧，那些背影，那些关联着无数剧情、无数画面的背影，无言，他们是你历经岁月，独对南山的发现，也是万山苦寒，草木轮回的真境。

诗

寒林漠漠
消隐了林中交叉的道路
你在宣纸上绘出寒林
却无法抵达那些道路
笔墨的虚无处
那些只可意会的道路
是你行走江湖的地图

一张无人能解的地图
道路重复、交叉
每一个节点
都隐含了时光的情节
邂逅　凝视与分离

或者一声长啸
以激情掩饰你惶惑的道路
你在南山的林中饮酒
歌吟　击节为诗
那只是梦中的呓语

你在城中久已失语
是在初入南山的黄昏
你在篱笆前
蓦然看到花开且落
那一树的繁花
令你念出那久已失传的诗句

这是进入南山的咒语
你在城中已经遗忘前尘
也迷失了通向南山的道路
那开满鲜花的道路
那铺满霜雪的道路

那通向林中秘境的道路

这无边的虚空
对抗着城中无限的真实
直到南山
你才看到时光的河流
源头便是归宿
那永恒的嬗变
令你从往事的沉溺中醒悟

那些诗意的往事
驿站　山林
禅院的钟声
客子的忧思
总会令你神伤
一树花便是你忧伤的自语

飘零的自语
通向语言初生的南山
你在游子的背影中
看到自己的前世
这虚拟的背影
落满南山真实的花瓣

（2016 年 1 月 20 日大寒）

画

南山入境图

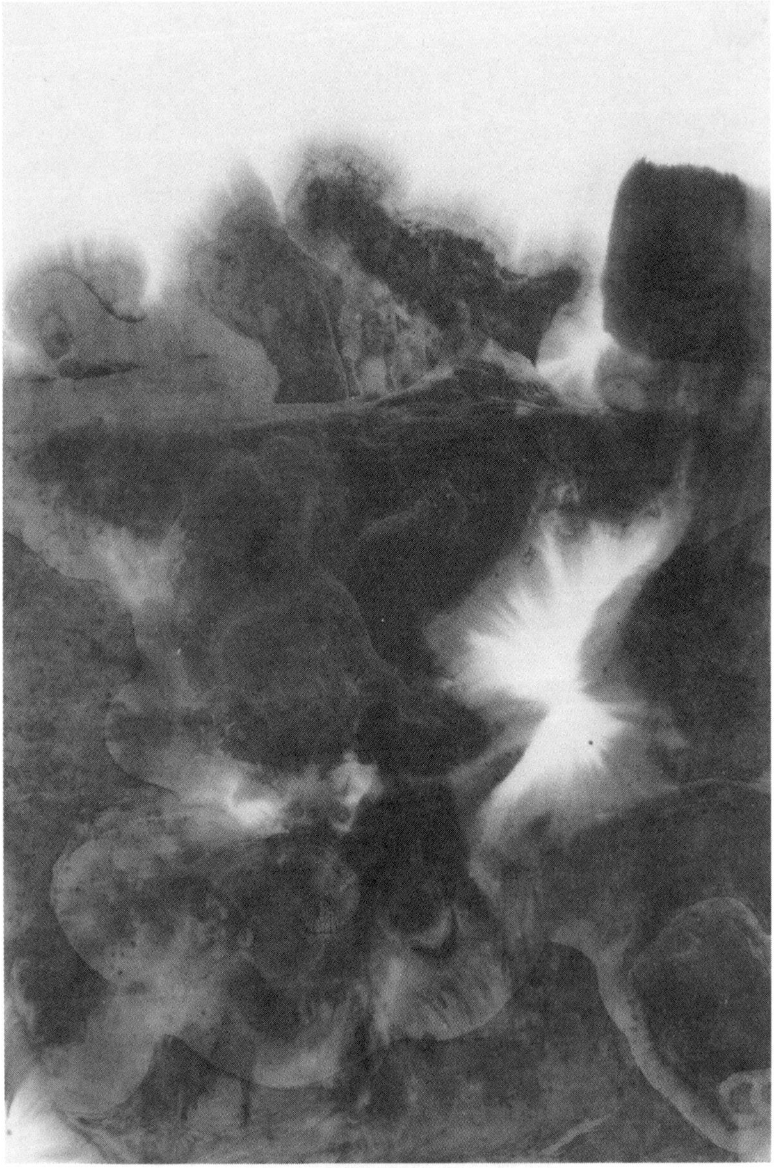

桃花源的入口

寻梅　立春

记

苦寒的冬日即将过去，南山落雪，此时的雪，寂静、温润，那山中的腊梅，在落雪中悄然绽放。这是被严寒锁闭的南山新生的语言。万物之间冷酷的界限已经有了解冻的迹象，光线旅行的尽头，终于萌生了新的光源。这光源是如此澄澈，它照亮了山居者荒寒的梦境，梦中的物象，重归芬芳的桃花源。山居者在梦中感到梅花开放的消息，进山寻梅，也是进入一个唯美的梦境。那脆薄的梦境，因一枝雪中的花朵，变得芬芳而浪漫。山谷无人，山居者是第一个走近梅花的人，这惊艳的瞬间，是天地间至为清灵的凝视，是寒冬无声的山林第一声入心的琴音。

如今，南山的隐居者已经难觅踪迹，我从城中走出，走过河流、村舍，进入这无人的山谷。这隐藏于山谷的梅花，零星的花朵，因隐藏而成为诗意的秘境。这优雅的藏匿，是对人间秩序的藏匿，它是天地灵性的偶然显露。你无法预知一株梅花的位置、生长、绽放的消息。在一只飞鸟、一块石头、一棵树的视野中，所有的诗文、绘画皆为虚无，但就进入南山的路行者而言，正是这虚无解构也建构了南山的精神秩序，卸去人间的雕饰，进入一

冬日的果实

树梅花的自然秘境。

那个黄昏，我在雪后的山谷徘徊。这隐秘的花开，在雪中，如同在世界的尽头，灿烂的花朵，如同天国仙子，清灵出尘。中国文人素爱画梅，也多以梅自况，文人自况无非庭院豢养之梅，山中高隐，韵致天然，灵性逼人，岂是寻常腐儒所能及？

记得那年我和朋友到南山拜访一位禅师，满山积雪，清光满目，我在雪光的映照中感受到内心的欢喜。进入寺庙，我看到诵经的僧人，香客盈门，香烟缭绕，忽然就想回雪中，于是让朋友进去拜访年迈的禅师，自己回到积雪的山路。等朋友出门，朋友从禅师那里带回几粒花生，我们吃着花生下山，那纯净的雪光，直入心底。仿佛涌起了许多往事，又不可追索，那淡淡的欣喜至今难忘。南山寻梅，也是这样的情境吧，在渐渐温润的雪中行走，即使不见梅花，也是乘兴而来，兴尽而归。

南山踏雪拜访禅师，若寻禅师不遇，与寻梅不遇一样，可以保留更大的想象空间，南山的道路不再是有结果的旅程，而是无结果的诗意虚拟。禅师与梅花，本身便是虚拟，具象的语言，细致入微的图画，会远离寻访的诗意，这样的抵达，多沦为一种剧情，一类规则的设计。禅师多不语，便是为了避免这引入歧途的语言，缘木求鱼的道路。

南山归来，山中又飘起了雪花，这落雪覆盖了我进山的脚印，我践踏的晶莹世界，在落雪中重归完美，它锁闭自身于一个白璧无瑕的桃花源。进山者又有何知，那白发的老翁，在梅花的枝干体味岁月的流逝与新生，而那折梅而归的少女，在雪地行走的少女，自身便是梅花的映照。国人的水墨梅花，多是老者的喟叹，这垂暮的喟叹，也多是他者的语言，一种和梅的灵性无关的程式。

红楼梦写宝琴与新折的梅花，同处这雪后的琉璃世界，是令人心动的灵性之笔。在南山想起红楼梦中的少女与梅花，这虚拟的唯美世界，唯有南山的雪中可以完美地显现。

一枝瘦梅，被万千人歌咏后，那若隐若现的灵性已被湮灭，这陈旧的歌咏，如同将月下朦胧的面容置于烈日之下，将隐现的山中仙子的舞蹈，置于舞台，虽则有美的形式，却灵韵消隐。李商隐写《无题》《锦瑟》，缠绵悱恻，伊人宛若在目，又如秋水隔岸，若即若离。同写情感，《无题》《锦瑟》始终处于灵光内敛的诗境，而《长恨歌》类，则只有直白的剧情。诗境指向的是万物有灵的世界，是语言指向的无言之境，是窗外花仙的凝视，是山林灵魅的踪迹，是那绚丽灯火后永恒的清寂。

这是不容语言暴力的深沉虚空，是永在开启、半遮半掩的秘境，落雪的南山，梅花的绽放，隐藏在空寂的道路尽头——山路永无止境，只是寻梅的道路至梅树便是止境。一棵梅树是南山的真实，也是心灵的虚拟，它生长于道路的某个节点，也生长于时光流转的虚空，生长于天光的幻影。一株脱离世俗旅程的梅树，才能保全自身的诗意。

当你透过白纸裱糊的窗棂，看到室内的光影，隐约的琴声，此时的窗棂与白纸，已经脱离了物理的本义，它成为一个诗意的载体，一个容纳、栖居无限想象与情感的虚拟存在。一株梅树，开放在这样的虚拟空间中。我从城市走到乡村，再从乡村进入南山，与南山的居住者颇不相同。城市的构建，已经远离自然，但在乡村，依然可见草木构筑的房舍，石块垒成的墙壁，篱笆环绕的菜园，这是南山与城市的过渡。在城市的公园中，精心培育的梅花如期开放，游人如织，这是一个反复吟咏的舞台，只有在南

午后南山

山无人处，舞台上的表演才成为生命的自在流露。

当我舍弃城中的花香，到南山寻梅，我追寻的，不是形态的梅花、物理的梅花、日常描述的梅花，而是诗意的梅花、脱离日常秩序的梅花、虚拟的梅花。在诗意的虚构中，它不再是被观赏、点缀之物，而是灵性的凝结，是脱离桎梏、复归自然的返乡之梅。它依然是物理的存在，但在无人的山谷，映射在雪国中，它以天地的灵韵而为自身的存在。

在新的节气的开端，万物的轮回刚刚开始，在南山寻梅，是拯救梅被语言、舞台遮蔽的诗意。那些充满暮气的以诗意之名描绘的梅花，已经全然异化为舞台上的表演，孱弱人格的遮盖，不断重复的语言复制。回到一树雪中的繁花，这诗意的重生，是诗意行路者灵魂的映照，精神的返乡。

诗

你在南山
横一支铁笛
吹绽一树梅花
南山落雪
昨夜的炉火尚温
白色的灰烬
已经燃尽酒后的寂寞
当白雪映满窗棂
你想起自己一生的岁月

那些漫长的道路
酒宴　离人　忧伤的馆舍
最终你来到南山
在这时光缓慢之处
回忆构成了你的日常生活

东篱饮酒　毋需采菊
南山开满黄花
在草木的荣枯中领悟时光
当南山落雪
你想起去岁山中
空寂无人　草木枯黄
你在茅屋饮酒

檐上挂起一弯残月

人生几何　对酒却无歌
你空寂的心
没有一种语言可以抵达

南山落雪
你看到一树梅花
这灿烂的梅花
新生的梅花
伤逝的梅花
你想起故人
那远逝的面容
在此时如此真切

那一树梅花
唤起了往日的岁月
入夜你在梦境中依然见到那树梅花
那是隐藏了你无数往事的梅花
那是你用笛声唤醒的梅花
没有歌吟
这南山的灵境
没有语言可以抵达

（2016年2月4日立春）

画

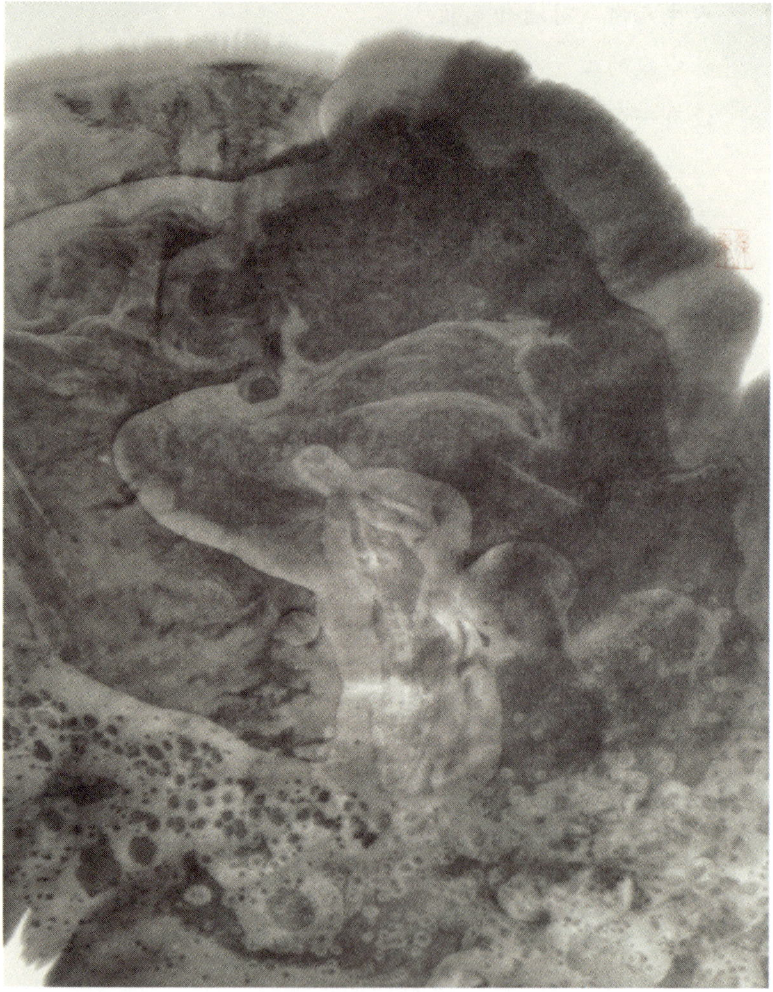

南山觅句图

石中花

暗香 雨水

记

在一场漫长的夜宴中，喧嚣的众声，会在某一刻突然退隐，我仿佛从众人的喧闹中剥离，天地清寂，我闻到幽幽的暗香，这是南山的味道。此时南山荒寒，可我在冬夜闻到南山的暗香。一个痛饮者，是如何从沉醉中蓦然醒来，进入清新的南山的呢？这一瞬，是何以发生的呢？

夜宴的炉火是冬夜的应有之物，漫长的冬日即将过去，冰封的河流已经解冻，在温热的炉火旁，仿佛可以听到河流解冻的清脆断裂声。在雨雪交替的南山，草木依然干枯，但已经隐隐透出了春的消息。在幽林的尽头，忽然有暗香袭来，这陌生而熟悉的植物之清香，宛若昨夜的香气。我找到一株开满花瓣的藤蔓植物，这散发着幽香的陌生植物，仿佛天国的仙卉，它是如何穿越南山与城市之间的时空，抵达一个沉醉酒徒的呢？

采撷一枝回家，插入瓷瓶，以为从此就可以和这异香相伴，可那异香只持续了一天，离开了解冻的大地，花香的源流也就此断绝，这是大地的芬芳。花枝成为徒具其形的标本，它体内的血

南山万物

脉已经被阻隔，那些描绘花枝外形的艺术结构，接近的多是这样的标本，真正的诗意，是那些对异香的感受与追索者。这无形的神秘暗香，萦绕着天地的韵律，内蕴着南山的灵性。

在这样的暗香中，那些舞蹈的花仙，含睇宜笑的山鬼，肌肤若冰雪的神人，都是行路者可见的真实秘境。南山的黄昏暗香浮动，我在林中的幽径行走，这是通向花仙秘境的道路，是与《聊斋志异》书生夜行情境相连的秘境。山中间或也会飘落春雪，只是这雪不会在地上停留，转瞬便化入草木之间的泥土，这是天地梦醒的时节。

那些在冬夜浮现的往事，化入解冻的土地，空气开始温润起来，那些曾经走过数十次的林中旧路，此时已经成为全新的道路。心灵的壁垒也开始瓦解，天地和你都在体验着莫名的新生的喜悦。被往事填充的心灵在南山卸去重负，重归虚空，这是将被新生喜悦填充的诗意虚空。

那些暗香浮动的黄昏，温暖的灯火，林下的虫鸣，历历在目，可那些远去的场景，永不会归来，离人只余幻影，直到南山花开，这无可解脱的忧伤，才向山水的虚空隐遁，风中的异香，是重生的天籁，灵动的歌吟。

童年时的北大荒，春天来得特别迟，进入北山，满目枯黄中，偶有映山红灿烂开放，那初见的惊艳，如睹仙子莅临荒山，明艳无俦。映山红照亮了北山，那一缕清香沉醉了行路者孤独的心灵。当你的心被这纯净的光照亮，它也照亮了千山万壑，也照亮黑龙江的北岸，自然的光芒，并不以人为划定的边界为边界。那束童年所见的光芒，穿越数十年的时空，与南山的暗香交融，这是消解时空的桎梏、进入诗意的瞬间。彼时的亲人有的已经老去，只有在存在者的灵魂中，保留了通向彼时情境的道路，这隐秘的道路，偶尔隐现于思念者的笔触——他无力召回那远逝的时空，却能在时光的创造中绵延自己原初的情感，激活那些沉睡的画面。

而那一缕花香，也穿越万水千山，与南山的暗香交织，你在城中荒废的时光皆成废墟，只有那零星的诗意，唯美的碎片，伤逝的回顾，依然蛰伏胸中，在南山的暗香中汇聚成不绝的溪流。这暧昧、忧伤、诗意、充实、灵性，暗香浮动的溪流，暧昧中真气充盈，忧伤里暗隐喜悦，远观虚无缥缈，近观深情缠绵，纤毫入微。

我处在这溪流的中间，回忆这溪流的源初，也想象这溪流的

南山如洗

终点。此时，只有南山的暗香是真实的情境，源头与归宿皆似虚无。这凝思的瞬间，以南山的暗香为中心，凝聚了过去与未来，城市与乡村，空寂与充实，所以我写南山的暗香，也是在写北大荒的映山红，远离的忧伤，相逢的喜悦。当我在案前用色彩构筑一个时空，这时空也蕴含了多重的时空，多重的情感。文艺的不可说处，正在于这多重的交叠，流转的时空，深沉的虚无。

从功名、诗酒到南山，语言也从人间秩序进入自然秩序，语言的空间也从敞开的公共空间走向幽闭的私人空间，从喧嚣的城市走向南山，正是这一过程的隐喻。采撷那散发着异香的山花回到城市，它的花香在五色缤纷的城市无法安居，只有在纯净的南山，暗香才有诗意的栖居。与公园栽种的花木不同，南山的草木不以公开展示、表演的公共空间为舞台，它以南山为自由栖居的家园。脱离舞台的草木幽香，如隔岸的伊人，不雕不饰，清水芙蓉，这是诗意的清洁源流。

凭藉诗歌、绘画语言回归自然，便是抵达这清水芙蓉的天然之境，是在南山的暗香中回到纯净的视野——童年的唯美之境，是情境自身的唯美，也是童年心境的唯美，童年所见万物，如天光照亮山野，清风掠过山林。溪流穿越山谷。自然之间，器物之用是万物的表层价值，开石建屋，斫木为柴，在这个层面上存在的万物，可以价值衡量。而大用者，如日月之辉，溪流山涧，风霜雨雪，养育万物，创造万物之家园，是不可以价值而论的自然伟力。诗意的行路者发现的不是前者意义上的自然，而是后者指向的自然。一缕山野的异香，亦属后者的灵韵。

在暗香浮动的南山，体味自然的灵韵，也是洗涤灵魂，救赎生命的过程。一个行路者与万物同在，当你处于器物之用的万物间，自身也沦为器物的价值评判，只有回到自然的南山，回到南山无功利、无价值、无所用无所为的大道，才能脱离生命的消耗，摆脱时空的拘禁，聆听天地的灵韵，呼吸南山的暗香。当我在纸上写出那些抽象的图形，无人能识，只有我偶尔重温，从中看到南山隐秘的道路，南山暗香浮动的道路。

诗

南山的黄昏
浮动暗香
数十年前曾闻的暗香

那被功名掩埋的岁月
令人神伤

来到南山
想起如梦的往事
草木枯黄
你在南山远望
万山空寂
万山之间
只有这一缕飘动的暗香

少年时也曾走过这样的暗香
那时读到人生如梦
感到梦很遥远
及至在南山醒来
这场梦已经流过数十年的时光

少年所闻的暗香
成为梦的发端
当你在雨夜独酌
微醺中湿雨流光
就仿佛回到那个黄昏
一个梦的起点
天地间浮动暗香

今日的南山
你来到梦之初的暗香
这是梦与梦的节点
你还要回到梦中
漂泊一生
你在这梦的间隙回到故乡

你已经沦为城市的植物
植根于水泥钢筋
当你采撷一枝南山的暗香
置于案头
这是你的镜子
你与这失去根系的标本
互为映像

（2016年2月19日雨水）

画

云山得意图

万物生　惊蛰

记

当春雷掠过南山，这悠长的雷声，是天地的鸣钟。午后的桃花灿烂，那篱笆之后，可有人面相映？山中万物，在春雷中梦醒，草木舒展，此时进入南山，如同进入万物的创造之初，这是不可言说、瞬息万变的清凉秘境。每天都传来花开的消息，那在干涸山野开出的鲜嫩花朵，令人惊奇。

山中万物醒来，此时的南山，不仅万物进入创造，时光也不再是均质的分布，时光已经成为行路者情感的创造。有时你在南山凝视着群峰，仿佛瞬间就看到了落日，而那些交叉的小径，有时漫长得没有终点，而有时，迅速就到了树林的边缘。这时光浓缩、拉长的神秘林中，灵气聚集处是否就是仙人的洞窟？有时你会进入一片树林，这树林与周边的树木并无差异，可惟在这里，你会产生回归家园的欣喜。这莫名的欣喜，令你超越这所见的时空，你会感觉自己是行走于遥远的故土。那充实的温暖，来自山林可见的形象之外，是你所无法听到的音乐在空气中流淌，是你不可见的灵韵在山中弥漫，你凭藉自身的灵性感到内心的温暖。

林中所见

在草木萌动的林中行走，你自身也不再封闭，你开始向草木敞开，你进入草木的秩序。这交融的瞬间，你胸中涌现的，是令你自己惊讶的体验，创造的欣喜。这时空交叠的林中，你会在这幽境中遇到自己。你遇见那陌生的自己，那忧伤的背影，在残阳中消失。这是梦境吗？抑或是，你在一个更大的梦中进入了自己的梦，遇到了迷宫中的自己。

那林中忘我的迷境令人惊喜，你进入一株花、一面画壁的世界，那一树花、一块石中所蕴含的时空，为你呈现了天地的诗意。当那些隐藏在灵魂深处的图像在一树花的光影、一块石的图案中显现，这是神秘的灵魂返乡，是故乡秘境的悄然开启。那藤蔓后凝视的目光，那草木组成的吟唱，恍惚是童年初入神秘的北山，一切都是新的创造，你不仅发现万物，也参与着万物的创造。

在山下的桃林行走，如同走向桃花源的道路，蜂蝶飞舞，这些忽然显现的蜂蝶，满树的桃花，是何以显现的呢？行路者无法洞悉这万物的嬗变，这其中的每条道路，都连接着自然的桃花源。人类在城市役使万物，分割、支配时光，占据空间，万物皆失去了自己的故乡，而在南山，这万物的初醒令人欣喜，这是万物在故土自由的苏醒。

人类可以模拟春雷的声音，却无法如春雷唤醒大地。这唤醒大地的天地之声，在南山回荡，也激荡着行路者的灵魂，一个诗意的行路者，会在这春雷中舍弃那些忧伤的往事，发现、重构自己。在这无人的林中，你走下舞台，不再听命于生活的剧本，这是身体与灵魂对话、合一，重归自然的珍贵瞬间。你的语言，也脱离舞台上的台词，与万物同归朴素的真挚。

舞台上桃花源只是虚拟的道具，你何以抵达这虚拟的镜中之象呢？只有灵魂觉醒的行路者，在一声春雷中参与时光的创造。这镜中之影，方从文字、图画中剥离，隐身山水间灵性的世界，当这些诗意的影像参与了万物的生长，这是时间，也是空间的创造。那些按图索骥的行路者，无法抵达这创世的新时空。

山中一日，人间十年，正是因为你进入了创造的新时空，你也是新时空的发现与创造者。永在流逝的时空中，只有诗意的行路者，用自己的生命体验探索、创造新的时空，救赎灵魂，在时光的废墟中重生，这是对故土与家园的慰藉，也是万物同心的生命和谐。

从城市进入南山，正是为了这样的救赎，在日常的重复中发现创造，在忧伤的流逝中体味新生的幸福。当那远逝的亲人化身这灵境中的松柏，去日伊人的面容映入桃花，你抚慰了自身，也拯救了往日。进入南山，你终究摆脱了时光的徒然流逝。固然，你创造的时光无法抵御那笼罩万物的流逝，但你终究在创造中打碎桎梏，获得了存在者应有的意义。

在万物初醒的南山，荣辱功名，红尘风月，都已随风而逝，只有那些唯美的瞬间，在南山化为草木桃花，石中图画。那人间

回望南山

的迷途，终在南山得以拯救，此生纯美的体验，在南山的万物流转中得以永恒。你无法走近童年的那片白桦林，却可以在南山体味那黄叶飘飞的情境，你无力挽留那远去的背影，却可以在南山的花开中看到如梦的笑容，这是象征的世界，也是万物流转的时空。当往事在一棵树、一块石中隐藏，他会在一声春雷中与万物新生。

古人以梅兰竹菊等植物寄托生命，这纸上虚拟的草木终究来自真实的自然，若无与自然灵韵的一脉感应，无自身生命在一声春雷中的觉醒，自然没有将自身情感化身山中万物的机缘与途径。世人画梅兰竹菊，多绵软涣散，无力将自身的情感、生命投射于物象，多只是他人程式的抄袭而已。没有个体精神桃花源的建立，没有化身万物、创造时光、救赎灵魂的灵性与勇气，写山中万物，只能得其外形而已。只有令那些唯美的情境化身万物，参与万物的成长，进入时光的创造，一个令行路者精神安宁的桃花源，方初现端倪。

进入南山的道路，进入桃花盛开的幽径，对于诗意的行路者而言，这本就是通向桃花源的道路。《桃花源记》中渔夫失去了通向桃花源的道路，是世俗世界对于桃花源的丧失，在财富、权力对自然的定价、占有、支配中，依循天地秩序的桃花源已经封闭了入口。好在，惊蛰时节，依然会有春雷唤醒沉睡的山谷，依然会有桃花盛开。好在，你进入一个人的南山，道路上依然空寂无人。

诗

你在山之北
看到
南山之南
桃花开满山谷

是一声春雷
唤醒了桃花
往事与桃花映入静湖
这是桃花
还是往事
在水中虚拟　融为一体

一朵花中
是否隐藏了一个情境
一段往事
书生在桃花中
看到伊人的笑容
这虚拟的笑容
了如春梦

心中蛰伏的语言
也在春雷中苏醒
这是指向南山的语言

桃花初绽的语言
你在新的语言中
虚构时空

如梦
在桃花掩映的山中
那些忧伤的往事
已经杳无所踪
你在南山徘徊
这变幻的幽径
在新的语言的建构中
在一声春雷的苏醒中
隐喻　收藏了你的一生

（2015 年 3 月 5 日惊蛰）

画

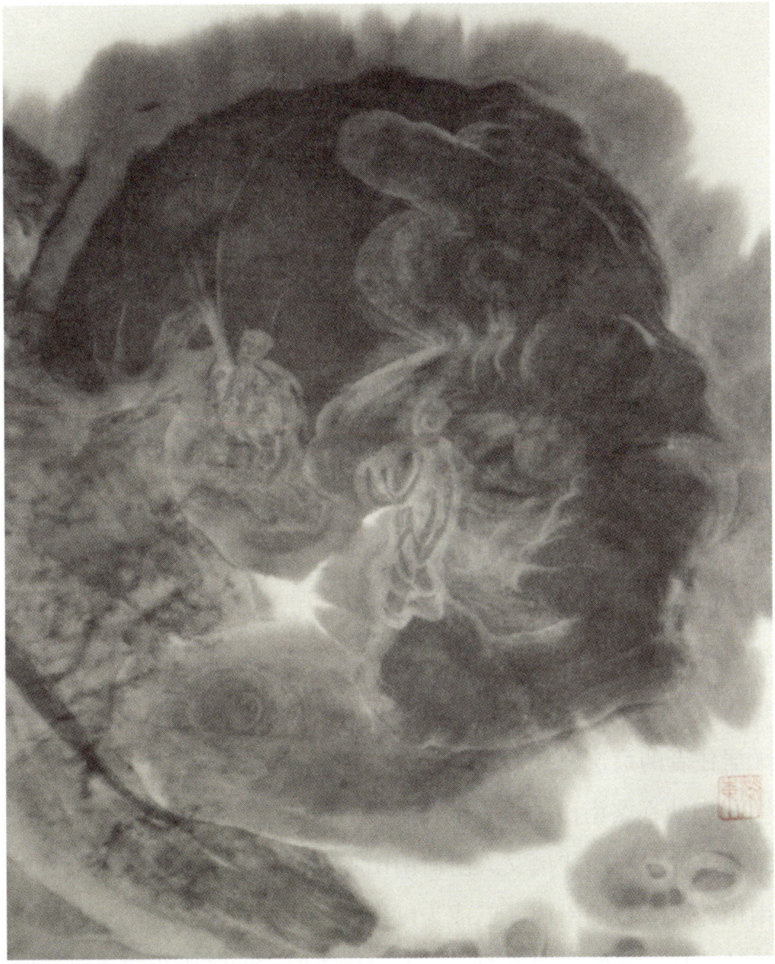

求道图

终南 春分

记

长安之南的南山，与济南之南的南山不同，长安意味着正统的入世情怀，而济南本就偏居政治格局的一隅。济南那些小小的山川、河流，和终南山雄浑的山脉、积雪的山峰相比，有着不同的格局与灵性。

在南山遥望终南，终南通向长安的道路，除了成群的驴友，还有无数的隐者在山中寄居。这是隐士的故乡，秦岭巨大的空间也为寄居者提供了生存的可能。我的一个人的南山除了乡村，并无居住者的痕迹，我们只是精神的寄居者。

即使在终南山的山脊上行走，我依然无法将自身的生命故土维系于此。与唐代诸文人隐居南山不同，彼时的南山，是自然的南山，而今日的南山，已成为巨大的文化符号。我无力负载这沉重的符号，我的山水之恋，只能安居于空寂的济水之南。

在最初的设想中，我的山水之路是从终南山开始，但一年过去，自己依然在济水之南游荡，终南依然处在遥望之中。在济水之南行走，心灵却时常飘荡到终南，山中的大雪、参天的古木、林中出没的熊猫、幽深的山涧，无时不在我的脑海中浮现。只是，终南山中不绝的人流，令我思之生畏。记得一年和好友到翠华山，适逢庙会，满山的人群几乎使我绝望，遇到一群养尊处优的隐士，那如影视作品的装束、做派，令人生厌。一位对着镜头，在山崖上抚琴的隐士，不是隐士，而是演员。

入夜，住在竹林中的小屋，夜半开始，林中开始出现了各种陌生的声音，那是山中生灵的声息。窗外漆黑一片，可我仿佛看到林中凝视的眼睛。此时若有花仙敲门，我并不会感到吃惊。

只有在我的想象中，终南山还保留着自然的初境，在南山的道路中怀想终南，那宁静的想象与建构，是对终南诗意的保全。我无法回避由李白、韩愈、王维、李商隐的诗文构筑的终南秘境，其实那不过是人类的命名而已，当我在南山感受到天地的灵韵，这灵韵，一定也萦绕在终南山。

隐者无法在无人的荒野生存，他只能栖居于自然与乡村的边界，秦岭深处，每年都会有驴友迷失于此。即便济水之南的南山，每年也会有驴友被困，那些熟悉的消失于山崖绝壁的道路，隐藏着不为人知的危险。但只有常年走在这样的路上，你的灵魂方能回归山林，心灵才能在世俗的羁绊中解脱。

隐居南山的陶渊明，隐居终南山的王维，他们隐身田园，在山影的映照中，恢复了天地的时序。一个回到自然时序的行路者，随晨曦而醒，枕月光而眠，与草木山溪为伴，自然就会呼吸悠长，他的语言，自然也会开始从人为的规范中解脱，沐浴着自然的清辉。有了这样的气质，进入山林，方能与万物同心，偶见那道照亮灵魂的光芒。

当我们在先贤隐居南山的诗文中沉醉，也是在重温他们进入

终南山积雪的道路

山林的道路，也在体验这个神秘世界中那唯美的、洗涤灵魂的天光。

李商隐曾在终南山下的蓝田为官，他在《锦瑟》中写道："锦瑟无端五十弦，一弦一柱思华年。庄生晓梦迷蝴蝶，望帝春心托杜鹃。沧海月明珠有泪，蓝田日暖玉生烟。此情可待成追忆，只是当时已惘然。"只有终南山的烟岚，可以养成这灵动而唯美、幻灭又重生、流逝且安居、时空交叠、不可言说的画面。进入山林的道路，是为流逝的生命寻找家园与故土，居住南山之下，不是为了逃避，而是为了拯救。

南山的万物不在风景，所有的诗意之物均不在其物，物象只是灵韵的栖居之地，是情感的寄寓之所。进南山而不见南山，是灵魂的洁净、明澈之处与万物灵韵的交织，那些茫然的旅行者，只见物象与既有的典籍，他们的灵魂依然在沉睡，他们的精神依然被锁闭在既有的语言牢笼。只有诗意的行路者，在不可言说的山林深沉处看到如同神谕的光芒，看到万物创造的万千时空，他看到寂静的群山，也看到自己在林中依稀可见的身影。

当诸山化为一曲琴音、一首诗作、一幅图画，这是诗意行路者灵魂的建构，也是向流逝时光的追溯，是对无言之美的心灵和鸣。我在南山的幽径中行走，红尘中的情感、功名渐渐远去，回望城市，那雾霾中隐现的高楼，令人窒息。我终究还要回到那片红尘，但我总能回到南山诗意的时空，即使在城中，我也可以用自己的语言进入南山，一首诗、一幅画，都隐含着通向南山的道路。

在诗画的语言中返乡，这是无以言传的幸福。在一株藤萝、一块岩石、一片积雪中，都能找到童年时那条回家的道路。童年时初到北大荒，那一年几乎天天下雪，我每天放学，都孤寂地一个人回家，忧郁的天色就是我心灵的底色，我在异乡，失去了家乡，失去了所有的朋友。可有一天，我踏雪回家，走在篱笆围成的院落间，家家都亮起了灯火，穿行在这灯火间，我的心里蓦然涌起一种莫名的幸福感，仿佛一道光芒照亮了我忧郁的灵魂。自己也似乎成为了童话中的人物，走在落雪中，积雪的道路，好像没有尽头，而我认定，这道路一定连接着让我迷醉的秘境。从那个时期，我开始写诗。

终南山中废弃的民居

我们离乡、返乡，进入南山，在迷梦中醒来，又进入更深的梦境。当你在梦境中穿梭于过去与未来，当你在梦中看到自己清晰的背影，我们总会如午后梦蝶的庄周一样发出疑问，“我是谁？我来自哪里？我的故乡在何处？”

忽然记起那年在雪山下辗转难眠，终于入睡，睡梦中一个声音反复在雪山间回荡，你留下吧，留在这儿吧。这是故乡的召唤吗？我无力回答，只有在进山的路上，我偶尔凝视着自己投射在山林的影子，这淡淡的影子，在路上移过，它移过，了无痕迹。

诗

那一夜
你梦见南山积雪
蓝色的南山
透明的南山
你骑马走过街市

故乡的街市
那些聚集的人群
陌生的面容
你从未相识
可所有的陌生人
都与你相识

你被他们命名
他们告知你的身份
你此行的目的

你骑马走向
一个未知之地
一个被乡民称谓的所在
南山湛蓝
映照者空幻的街市

你是谁
为何来到此处
你对此毫无所知
你是一个陌生的行路者
在南山下
看到南山积雪

（2015 年 3 月 20 日春分）

画

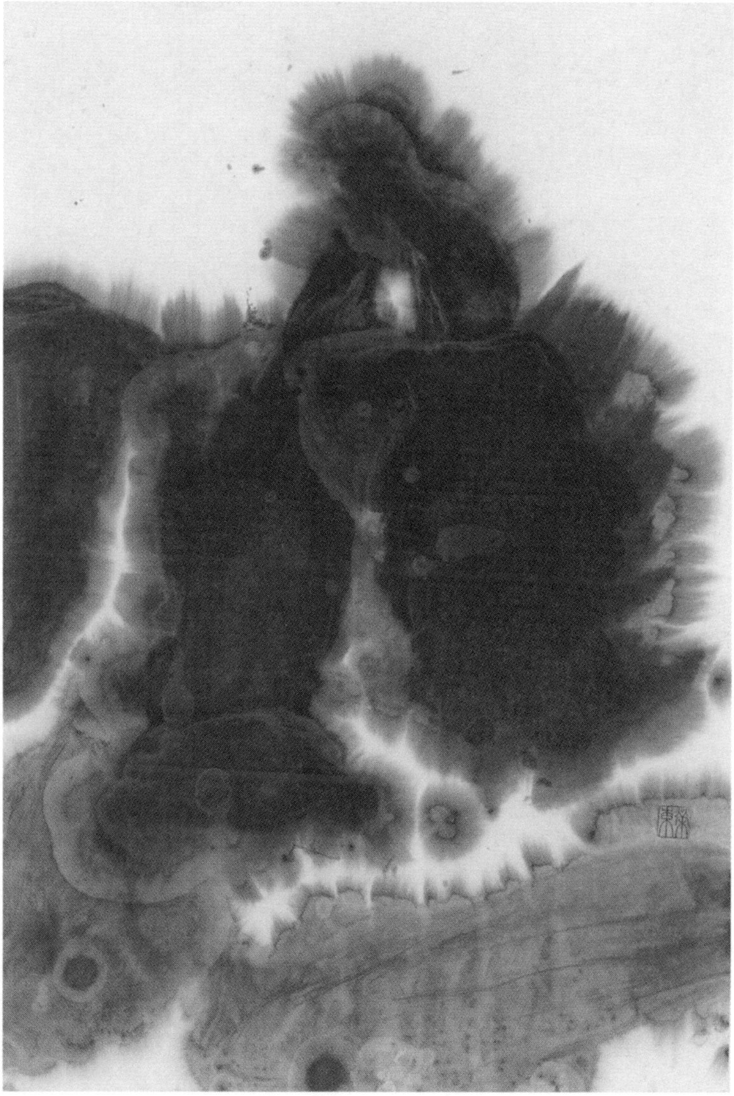

南山悟道图

跋　南山雪

记

当我踏雪赶到火车站，登上开往机场的大巴。窗外忽然弥散了漫天的雪花，这天地间瞬间绽放的花朵，令这座无趣的城市陡生诗意。这是一种启示吗？千里之外的终南山，是否也已经落雪？此时在车内的我，与昨日在街道行走的我，仿佛并不是一个人，车内的我不像是远行，而是回家。

穿越云层，下雪的城市之上，天光清朗。飞机终究无法抵达天边的一脉晚霞，到了咸阳，只见一轮明月，照彻寰宇。次日，晨曦微明，我们抵达翠华山下，准备由景区进入终南山。

依稀能辨别两侧的山影，山涧中水声震耳，景区大门紧锁，神秘的秦岭被人为锁闭。一扇诗意的门总是虚掩，只有这以门票为业的景区，将隐于深山的终南以严厉的形式将其阻隔。

只能等待，等天光缓缓照亮山林，偶有山民经过，这些冷漠、麻木的山民，与西安城中热情有礼的市民相比，其距离令人惊异。终于以购票的形式进入翠华山景区，我们借道翠华山，从收费的道路走向野逸之地。

终南山的山居之所

一入山林，人为的规则便再也无法禁锢这山林的灵气。山谷中的柿子树挂满凝霜的柿子，这些脱离了世俗功用的柿子，依然遵从天地自然的秩序，它们成熟、凝霜、坠落，归于泥土。回望群山，南五台等诸山已被朝阳照亮，在光线暧昧的山谷远眺金色的山峦，这深入心扉的金色，是山峦的光芒，也是照亮心底的圣洁光辉。

积雪之处便开始脱离景区，路上看到一行脚印，通向一座废弃的房舍。我清晰地感受到住山者的存在，打柴归来柴捆拂过雪地的痕迹，几枝散落的树枝，还有一只狗的脚印。无法见到他们的身影，他们和鸟兽一样，因人声而藏匿。一路也没有听到犬吠，修炼者的宠物也在山中止语。这些避世者，在这苦寒的深山，回望尘世，也许觉得自己的往昔、亲人，都只是一场梦吧。

甘湫池废弃的村庄，也有几处房舍依然有居住者的痕迹，在这海拔一千七百多米的堰塞湖旁，金色的阳光照亮了土墙，有故乡般的温暖。转过村庄，雪地上只余鸟兽的足迹，万山无声，只有溪流在雪下潺湲。那林中透出的明澈雪光，林中恍若山鬼的凝视，又令人魅惑而着迷。在无人的终南山行走，时而有惊飞的山鸟，在天空掠过，林中的雪光仿佛虚空，又恍若诸神栖居。一个写作者，在这里终于无言，在这无言之地，天地回归了语言最初的源泉。

回城已经入夜，在临近大明宫遗址的宾馆住下，唐代的先贤从这里走入南山，又从南山回到这里，凭藉现代交通工具，我用一天重温了先贤的道路。我到南山寻觅古人的诗句，也追寻那些诗句的源流，终南山绚烂、纯净的雪光在我的脑海中闪耀。这至大的光明，这无以言传的灵性之辉，这超然于语言之上的真挚存在，是我脱离迷境的圭臬，是照亮晦暗灵魂的神之光芒。

当我进入大明宫的废墟，看到自己映在唐代土墙上的影子，这虚幻的影子，是我存在的真实境遇。那些掩埋于地下的器物，陌生而熟悉，这是华夏的源流，我们站在断流的河畔，孤独无依。在一个瓶罐、一尊陶俑的线条与色彩中，我们恍然找到一丝血脉的回忆，有时，你又恍然进入一首唐诗，那是另一个你在山中隐居，是另一个你进在山中独饮，潸然泪下。只有山中的日月，尚存于无人的南山。

李商隐在终南山的晚霞中体味诗意的无言，在语言的河流进入大海巨大的概括、抽象之前，喧嚣的众声忽然沉寂，万山苍茫，

终南雪霁

恍若虚无。或许，就在此时，升起无声的天籁，就在此间。那些指向明确的语言，开始脱离人为的建构，假借孤独行路者的足迹，进入超越之境，进入无言的自然秩序。

那些晦涩、多义、绚烂多姿又哀婉的咏叹，在天地间弥散。我来到乐游原，李商隐的乐游原，那被命名的、关联着夕阳与伤逝的乐游原，因岁月的积淀而脱离了诗句，如今的乐游原只是一个市民健身公园。只有原顶葱绿的新草令人惊异，冬日变成了初春，这是古原暗蕴的灵性使然。

我在长安之南进入古人命名的南山，我的影子在终南山转瞬即逝。这些路程最终变成一行诗、一幅图像，这是语言的救赎，一个孤独的行路者，以此印证生命，追寻伤逝的梦境，创造语言的家园。

当我从西安返回，从飞机上看到秦岭以东的太行、王屋，这如地图的连绵群山，在我写作《废墟与花朵——山水艺术志》的时期，曾经留下我追索的足迹。彼时，我在消失的济水遗址寻找济水，在废墟中虚构，在流逝中回忆、挽留，用文字和图像的创造对抗沉沦。而此刻，我在南山归来的路上，想起南山灿烂的雪光。那天从终南山下山，在暮色中抬头，满天繁星，天地如洗，我忽然觉得，自己只是一句诗的冗余、一幅画的投影。

诗

当你和亲人围炉夜话
一同回忆往事
时光在火苗的映照中
被折叠　交织

如同一部电影
你在舞台下凝视自己
那陌生的自己
如同幻影
又如此真实

逝者如斯
当你和亲人想起往事

你蓦然看到自己寂寞的背影
穿越千山
道路是如此曲折　神秘

你从来无法预知终点
却总有一个类似终点的驿站
在路的前方等你
那客舍的笙箫
寒彻心底

只有和亲人一同回忆
才能感受到温暖的炉火
温暖了心灵
也温暖了往事

哪些快乐的日子
转瞬即逝
那些甜美的日子
忧伤的日子
最终不过是一声叹息

我无法看清万山
无法看清前方的道路
当我和亲人回忆往事
那悠长的笙箫

便充盈了斗室

雪光澄澈
那满山的花朵
和山中的积雪
交织为一
时光总在回忆中
显现它的神秘

如同一场电影
当你重温那些偶然也必然的画面
你想起当年第一次体验剧情的初境
你无力改变这欣喜或忧伤的结局

你在炉火间想起往事
那些温暖的相逢
绝望的伤逝
都在雪光和炉火的交映中
变得悠长
变得诗意

亲人
我们在回忆往事
我会写一首诗给你
在天地的笙箫中

在落雪的山中
在寂寞的客舍
在满山的花树
轻轻念出一行诗句
轻轻念出你的名字

画

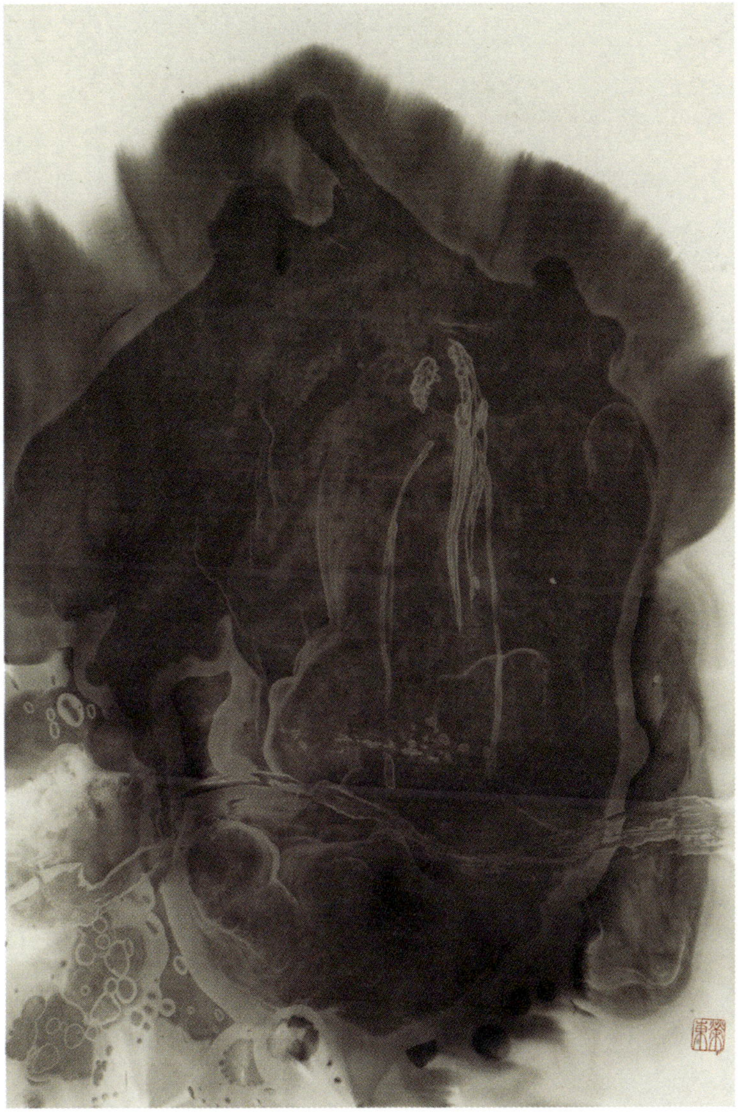

伊人独立映春水